爱犬宾果

〔加〕欧内斯特·西顿◎著　刘涵瑞◎译

中国妇女出版社

图书在版编目（CIP）数据

爱犬宾果 /（加）欧内斯特·西顿（Ernest Seton）著；刘涵瑞译. -- 北京：中国妇女出版社，2019.3
（全世界孩子都喜爱的动物故事）
ISBN 978-7-5127-1616-2

Ⅰ.①爱… Ⅱ.①欧…②刘… Ⅲ.①儿童故事-作品集-加拿大-现代 Ⅳ.①I711.85

中国版本图书馆CIP数据核字（2018）第140308号

爱犬宾果

作　　者：〔加〕欧内斯特·西顿　著　刘涵瑞　译
责任编辑：肖玲玲
封面设计：尚世视觉
责任印制：王卫东
出版发行：中国妇女出版社
地　　址：北京市东城区史家胡同甲24号　　邮政编码：100010
电　　话：（010）65133160（发行部）　　65133161（邮购）
网　　址：www.womenbooks.cn
法律顾问：北京市道可特律师事务所
经　　销：各地新华书店
印　　刷：三河市祥达印刷包装有限公司
开　　本：150×215　1/16
印　　张：10
字　　数：120千字
版　　次：2019年3月第1版
印　　次：2019年3月第1次
书　　号：ISBN 978-7-5127-1616-2
定　　价：29.80元

目 录
CONTENTS

08 印度猴子杰尼

01

爱犬宾果

富兰克林的小狗

富兰克林的小狗跳出栅栏，
大家叫它小宾果，
宾果，宾果，
大家叫它小宾果。
富兰克林的老婆酿着啤酒，
多么好的烈酒，
烈酒，烈酒，
多么好的烈酒。
这是一首多么动听的歌谣，
感谢上天的庇佑，
庇佑，庇佑，
感谢上天的庇佑。

宾果的爸爸

扫描二维码
听导读

那是一八八二年十月初，曼尼托巴省的冬天刚刚来临。吃完早饭后，我斜躺在椅子上，百无聊赖地看着窗外的大草原和牛棚的尽头，转而望着旁边木头上刻着的那首古老歌谣《富兰克林的小狗》。突然，歌谣和风景组成的画面被打破，我看到一只灰色的庞然大物飞快地冲进牛棚，后面紧紧地跟着一只黑白相间的动物。

我大叫一声："狼！"然后，抓起一把猎枪就往牛棚跑。不过我还没到牛棚，它们就跑了出来。那只狼在雪地里跑了一阵子，陷入绝境，转过身来；后面跟着的是邻居家的牧羊犬，来回地转圈，想寻找机会扑上去。

我在远处放了两枪，它们听到枪声，又跑了起来。过了一会儿，狗追上了狼，一口咬住狼的屁股。狼疯狂转身反击，狗机灵地躲开了。然后又是一场撕咬和躲避，每隔几百米，这样的场景就重复一次。狗很有主意，每一次猛攻都想解决掉狼；而狼拼命要逃回东边阴暗的森林里，但都没有成功。就这样拉扯了一两公里后，我追上了它们。狗看到强有力的后援来了，就猛地向狼扑去，把狼扑倒在地，死死地咬住狼的咽喉。然后我向狼的脑袋开了

曼尼托巴省

加拿大中南部的一个省。"曼尼托巴"在原住民语中意为"精神所在之处"（a place where spirit lives），以"加拿大的阳光之都"而闻名。

一枪，轻松地结束了这场战斗。

这只牧羊犬看到敌人已死，再也没瞧它一眼，头也不回地穿过六公里的雪地回家了。狼一出现，它就把主人丢在原地，自己追了上去。这真是一只英勇的狗，即便我不出现，它自己也能解决掉那头狼。因为我听过它以前捕杀过其他狼，虽然这只狼有点儿小，但跟它比起来，身子依然要大很多。

牧羊犬

在过去，牧羊犬主要用于农场负责警卫，避免牛、羊、马等逃走或遗失，也保护家畜免于熊或狼的侵袭，同时也有效地杜绝了一部分偷盗行为。

我十分佩服这只勇敢的狗，想不惜一切代价从它主人手里买下它。它的主人却建议我买它的孩子。这只叫富兰克林的狗是只公狗，它的妻子刚生下一窝小狗，我从中选了一只。这只又黑又圆的小狗是“名门”之后，不太像狗崽，反而像长尾巴的熊崽。皮毛上有一些棕褐色的斑纹，和富兰克林身上的一模一样，我希望这预示着它英勇的未来。它的口鼻之间还有一圈白环儿，十分有特色。

有了它之后，我就琢磨着给它取个名字。这个问题早已有了答案。我们因《富兰克林的小狗》这首歌谣而结识，所以我给它取名“宾果”。

宾果的惨叫

在那个冬天，宾果住在我们家的小木屋里。它很喜欢吃东西，胃口非常好，一天比一天块头大，一天比一天笨重。虽然之前有过被捕鼠器夹住的教训，但它仍然会去碰捕鼠器。它对猫表示友好，却被误解，结果酿成了一场武装对峙。这种局面一直持续着，偶尔也被一次恐怖统治所打破。最后还是从小就有主见的宾果退出了这场对峙，从小木屋搬到了马棚里。

春天暖和时，我开始训练宾果。我煞费苦心，它也非常争气，总算学会了在大草原上寻找四处吃草的老黄牛。

在掌握这项本领后，宾果欢喜雀跃，一让它去找牛，比让它干什么都高兴。它会兴高采烈地冲出去，愉快地叫着，高高跃起，以便看清楚草原上的牛群。不一会儿，它就追在牛的屁股后面，拼命地来回跑，直到把牛赶到牛棚里它才作罢。

要是它兴致低些，我们会更满意。不过，我们一直容忍着它，直到它对这种追逐战上了瘾，即使我们没有下达命令，它也擅自去找牛把它们赶回牛棚。最后，精力充沛的宾果不再一天一两次，而是一天十几次地出去找牛，把它们赶回牛棚里。

后来不论何时，宾果只要想活动，或者一有空闲时间，乃至一想起来，就会冲到草原上，赶着那面露不快的母牛拼命奔跑。

一开始并没有什么不好，有它看着，牛就不会跑远了。不过很快就出现了不良后果，牛没法吃草了，吃不上草就瘦了，这又是一头奶牛，产的奶就少了，并且精神紧张，因为时时要注意宾果的动

宾果小档案

小读者们，快拿起笔来制作这份小档案吧！可以从原文摘录相关文字或者用自己的话来写。

外貌特点：

性格特点：

向。它每天早上只在牛棚附近活动，好像害怕一走远就让自己身处危险之中。

这就有点儿过火了。我们试过教宾果收敛一些，但都失败了，最后只能强迫它放弃这项爱好。之后，它就不再追赶老黄牛了，不过它依然对老黄牛有着很大的兴趣，总是在挤奶的时候，躺在牛棚外。

夏天到来的时候，蚊子多了起来。挤奶时，老黄牛总是甩着它的尾巴，这比蚊子还让人心烦。

挤奶的弗雷德喜爱发明创造，但没什么耐心。他发明了一种简单的方法，让牛不再来回甩尾巴。方法是他在牛尾巴上拴了一块砖头，然后就高兴地开始工作了。他倒信心满满，其他人却疑虑重重。

突然，从蚊子的嗡嗡声中，传来敲击的声音，紧接着一句谩骂声。老黄牛还在安静地吃草，弗雷德猛地站起来，拿起挤奶用的凳子砸在牛身上。原来，牛尾巴上的砖头砸在了弗雷德耳朵上，旁观的人起哄似的大笑起来。

宾果一听到乱哄哄的声音就认为自己该出场了，它马上冲进去，从另一侧袭击了老黄牛。等一切平静下来，牛奶打翻了，桶和凳子也被砸坏了，老黄牛和宾果都被“修理”了一顿。

可怜的宾果搞不清楚前因后果。之前它就很讨厌老黄牛，现在更是深恶痛绝，决定再也不去牛棚了。此后，它只看守马群，在马厩附近活动。

牛群是我的，而马群是我兄弟的。宾果的视线从牛群转到马群，好像把我也抛弃了，每天不再跟我形影不离了。不过，只要有紧急状况，它还会来帮我，我也会去帮它，我们彼此都觉得人和狗的这种羁绊要持续一生。

那年秋天，在一年一度的卡伯里牲畜大会上，宾果最后一次充当了牛倌的角色。大会的举办方给出了丰厚的奖励，赢得比赛的一方不仅可以拿到奖牌，还能得到两美元的奖金。

我被损友鼓动，给宾果报名参加了比赛。比赛当天，奶牛都被赶到了草原上。比赛开始，裁判一声令下，我就让宾果去找牛。这道命令的意思是，让宾果把牛带到裁判台前。

动物们各有主意。一整个夏天，它们都在预演。老黄牛一看见宾果飞奔过来，知道自己唯一安全的地方就是牛棚。宾果也知道自己唯一的任务就是把老黄牛赶回牛棚。于是，它们在草原上尽情追逐，就像一匹狼追着一只小鹿，朝几公里以外的家笔直地奔去，直到再也看不到它们。

后来，裁判再也没见过它们。奖金给了另一位选手，事实上，就我们两人参加了这场比赛。

宾果对马群忠心耿耿，白天陪着马儿奔跑，晚上睡在马厩门口。马群去哪里，宾果就到哪里，时刻和马群形影不离。它仿佛是马群的主人。这种管制很有意思，也使得后来发生的事意义深远。

我从不迷信，从不相信任何征兆。不过宾果身上发生的一件奇怪的事，让我印象深刻。那时，只有我们两兄弟住在德温顿农场。一天早上，我兄弟约翰动身去沼泽溪装干草，来回需要整整一天，所以他很早就出发了。奇怪的是，宾果有史以来第一次没跟着马队出发。我兄弟呼唤它，它离得远远的，冷漠地看着马队，纹丝不动。突然，它仰面朝天，悲切地发出一声长嚎。马队越走越远，直到消失。宾果跟出去一百多米，时不时发出几声哀号。那一天，它都待在马厩周围，那是它唯一一次主动和马分开，而且每隔一段时间，它就发出痛苦的哀号。我一个人待在农场里，宾果的行为让我有一种大祸临头的不祥预感，时间越长，这种感觉越明显。

大概六点的样子，宾果的哀号声越来越急促，我难以忍受，就向它扔了一根什么东西，让它走开。我的内心充满了恐惧，为什么要让我兄弟一个人出去呢？我还能看见他活着回来吗？我当时就应该从宾果的行为中，预测到将会发生可怕的事情。

终于，约翰坐在一车干草上回到了家。我安置好马，松了一口气，装作不经意地问他："一切还顺利吗？"

他说："还行。"

过了很久之后，我把这件事讲给一个精通玄学的人听，他很严肃地问道："每当遇到危险时，宾果是不是总来帮助你？"

"是的。"

"那就别笑了。那天是你有危险，宾果才留下来陪你的，虽然你一点儿也没察觉到危险。"

刚一开春，我就开始训练宾果。没过多久，它也教给我不少东西。

在我们的木屋和卡伯里村之间，有一片草地。草地的中间有一个小土坡，矗立着农场的界桩，从很远的地方就能看到。

很快我就观察到，每次路过这根界桩时，宾果都要仔细察看，否则绝不过去。之后我才得知，除了附近的狗以外，草原上的狼也爱光顾这儿。后来我拿望远镜观察了几次才弄清这事，同时也对宾果的私生活有了更深的了解。

这根界桩是犬类公认的登记处。它们嗅觉灵敏，能通过蛛丝马迹闻出有什么动物到过附近。一下雪，更能看出踪迹。其实，这根界桩只是整个野外通信体系的一个站点，简单点儿说，整个地区在每处绝佳的位置上都有一个这样的站点，惹眼的柱子、石头、水牛的头盖骨等。通过观察，我发现这是一个非常完备的发布信息和接收信息的体系。

每只狗或者每只狼都会察看离它们活动范围最近的站点，考察一下谁最近来过，就好比一个人去俱乐部翻会员登记簿一样。

我见过宾果靠近界桩，用鼻子使劲儿地嗅嗅，检查一下附近的地面，嚎叫几声，然后竖起鬃毛，两眼发光，轻蔑地用后爪刨地后才离开，并不时回头张望。但凡出现这种行为，翻译成人类语言即："嗷！嗷！汪汪！麦卡锡家的狗杂种居然敢来这儿！汪汪！今晚我就找它算账去！汪汪！"还有一次，宾果在检查之后，对一只狼的爪印产生了很大的兴趣，自己嘀咕一番。后来我发现，它是这个意思："这是一只从北方过来的狼，身上还有死牛的味儿。肯定是波尔沃斯家的'斑点'死了，这得好好调查一下。"

有时候，它摇着尾巴在界桩附近跑来跑去，把自己的痕迹深深地印在那个地方，也许就是为了让它从布兰登来的兄弟比尔留意吧！所以，在那之后的某天夜里，比尔出现在宾果的家中，被宾果带到山上，那儿有一头刚死的马，被它们当作庆祝重逢的大餐。

有时候，它也会因为新的消息而激动万分，沿着痕迹去另一个站点搜集更多的情报。

还有些时候，它检查完后心情反而沉重起来，仿佛在自言自语："呃，这到底是谁啊？"或者："这好像是我去年夏天在伯蒂奇山遇到的那个家伙。"

有一天早上，它向界桩跑去，快接近时，每根毛发都竖起来了，尾巴耷拉下来，身子晃动，一副胃不舒服的样子，这是害怕的表现。它没有继续追踪调查，而是回到了家。半小时后，它的毛发仍然竖着，脸上满是畏惧的表情。

我仔细地调查了令它畏惧的原因，发现如果宾果发出低沉的"咕噜咕噜"声就代表着有狼。

这些知识都是宾果教给我的。后来，每当我看到它从马厩旁边挂了霜的窝里出来，伸伸懒腰，抖抖身上的雪花，小跑起来，消失在黑暗中，我经常会想说：

"哼哼，老狗，我可知道你要去哪儿，也知道你为什么要避开小木屋。现在我更知道，你为什么每天晚上都准点出门，以及你会在什么时间、用什么方法、去什么地方寻找你的目标。"

宾果的主人

到了一八八四年的秋天，我们把德温顿农场关闭了。宾果也随之把家搬到了我们的友邻戈登·莱特家的马厩里。

从它出生后的那个冬天开始，宾果就不愿意住进屋子里，除非遇上雷雨天气。它害怕雷声和枪声，毫无疑问，对前者的恐惧也是因为有一些不愉快的经历，下文中我们会有所涉及。宾果喜欢晚上睡在马厩外面，即使天寒地冻，它也一样，由此可以看出它非常喜欢黑夜里无拘无束的感觉。宾果的夜游会到好几公里外的草原上去。有许多证据能证明这一点。好几个偏远地方的农场主托人捎话给莱特，要是晚上他再不看好自己的狗，他们就会开枪打死宾果。所以说，宾果并不是没有理由地害怕枪声。一个住在佩特罗的人说，某个冬夜，他看到一只黑狼在雪地上咬死了一只草原狼，不过后来他改口称“那肯定是莱特家的狗”。外面一有冻死的牛马，宾果晚上都会赶去，轰走那些草原狼，自己享受一顿大餐。

有时候，它夜游也只是为了戏弄一下邻居的狗。虽然有不少人威胁要报复宾果，不过也不用担心宾果的血脉会断绝。有人就看到了一只母狼带着三只小狼，小狼长得非常像妈妈，只是个头非常大，毛发黝黑，口鼻处还有一圈白环儿。

也不知道传闻是否属实。三月底，我们乘着雪橇出门时，宾果跟在后面跑。忽然一只草原狼从洞里钻出来，宾果立即一路小跑追逐着它，那只狼也没有拼命奔跑，很快宾果就追上了它。奇怪的是，它们并没有互相撕咬。宾果亲热地跟在那只狼的旁边，还舔了舔它的鼻子。

我们大为震惊，呼喊着宾果，让它继续追击。我们的呼喊吓坏了那只狼，好几次它都跑开了。宾果又开始追逐，满怀着脉脉温情出现在那只狼面前。

我终于明白了缘由："这是只母狼，宾果不会伤害它的。"莱特也大喊："哎，岂有此理！"

然后，我们召回了不愿离开的宾果，继续上路。

之后的几周里，那只草原狼屡屡骚扰我们，咬死我们的鸡，还偷走了房头上的猪肉，甚至好几次趁大人外出，趴在窗户上窥探，可把孩子们吓坏了。

对这只狼，宾果完全不管。不过，最后这只狼被奥利弗杀死了。从此之后，宾果就跟奥利弗结下了深仇大恨。

> **印第安人**
>
> 这是对除因纽特人外的所有美洲原住民的总称。美洲土著居民中的绝大多数为印第安人，但由于语言、信仰、习俗以及生活方式的不同，印第安人又分成许多不同的部落。

一个人和他的狗可以相互依赖、生死与共，这是一件多么美妙的事啊！巴特勒曾经讲过一个故事，在一个遥远而团结的印第安部落里，就因为一个人的狗被邻居杀了，两人从此结下了世仇，相互残杀，直到部落灭绝。在生活中也有不少这样的例子，人们为此诉诸法律或者争斗，全是因为一条古训："爱我，就爱我的狗。"

我们的一个邻居有一只非常棒的猎犬——唐，在他眼里，这只猎犬是全世界最好的狗。我爱他，连带着也爱他的狗。有一天，唐遍体鳞伤地爬回家，死在家门口，我和它的主人发誓要为它报仇。我们不放过任何蛛丝马迹的线索，悬赏搜集证据。我们终于查到杀害唐的凶手嫌疑人。事件真相越来越明朗，我们很快就能伸张正义了。

后来发生了一件事，改变了我的看法。我开始觉得，把唐弄得遍体鳞伤也不能算是不可饶恕的罪过，要是仔细琢磨一下，反倒是件好事。

莱特的农场就在我们的南边，有一天，他儿子知道我在寻找凶手，把我带到一边，悄悄地对我说："这是宾果干的！"

就这样，事情悬在那里了。从我知道的那一刻起，我就不怎么想伸张正义、惩罚凶手了，尽管这是我之前努力想做的。

很久之前，我就把宾果送人了，不过我仍觉得自己是它的主人，这种感觉从未消失，并且很快就得到了证实。莱特和奥利弗是近邻，也是好友。他们合作伐木，直到冬末，合作都非常愉快。奥利弗的一匹老马死了，他为了获得更多的好处，就把它拖到草原上，下了毒药来诱杀周围的狼。哎，可怜的宾果！它想像狼一样过自由自在的生活，尽管这种生活充满了厄运。它和其他野生动物一样，喜欢吃死马的肉。当天晚上，它和莱特家的狗柯利一起来到了死马的附近。看样子宾果忙着轰赶狼群，而柯利则放开肚皮大吃一顿。从足迹上可以看出那场宴会的盛况，也能想象出毒药发作后，它们如何颤颤巍巍地奔跑并疼得抽搐的样子。一回到家，柯利就倒在宾果的脚下，抽搐而死。

"爱我，就爱我的狗。"任何解释和道歉都无济于事，即便是偶然的事故也没有用。莱特和奥利弗合作伐木的关系也因为狗的死亡而就此中断。

宾果中毒后，用了几个月时间才恢复过来。我们都以为它不再像以前那样壮硕了。但当春天来临时，它逐渐有了精神，草越长越高，它的身体也越长越壮。几周之后，它完全恢复原样，又那么生气勃勃，再一次成为朋友的骄傲和邻里间的困扰。

由于某些原因，我离开曼尼托巴，去了遥远的地方。一八八六年我回来时，宾果依然是莱特家的一员。离开这里已经两年了，我以为宾果一定忘记了我，不过现实并不是这样的。入冬的一天，宾果在消失了四十八小时后，回到家里，腿上夹了一个捕狼夹，捕狼夹后面还拖着一根重重的木头，那条腿冻得跟石头似的。大家都知道宾果的暴脾气，没有人敢靠近它、帮助它。那个时候，作为陌生人的我蹲下来，一只手抓住了捕狼夹，另外一只手抓住它的腿。它一下子就咬住了我的手腕。

我没有动，只是对它说："宾果，你不认识我了吗？"

听到我的声音，它立刻就松了口。在我帮它取下捕狼夹的过程中，它连声哀号，可再也没有挣扎。虽然它搬了家，我也离开了很久，但它还是认得我这个曾经的主人。虽然我把它送人了，但在我心里依然觉得它是我的狗。

宾果十分不情愿地被抬进了屋里，它那条冻僵的腿慢慢恢复了。在那个冬天，它一直瘸着腿，最终还掉了两个脚趾。天气刚刚暖和时，它就恢复了健康和气力，表面上看，被捕狼夹夹住的恐怖经历并没有给它留下阴影。

可恶的捕狼夹

那个冬天，我捕到了很多狼和狐狸。它们没有宾果的好运气，能从捕狼夹里逃走。到春天时，我又放置了许多捕狼夹，虽然狼的皮毛不太值钱，但是捕猎的奖金还挺丰厚的。

肯尼迪草原素来是使用捕狼夹的好地方，因为那里荒无人烟，处在茂密的森林和住宅区中间。在这里，我得到了不少皮毛，到四月底，我还骑马巡视了一番。

捕狼夹是用重钢打造的，有两个弹簧，每一个弹簧都有上百斤的力道。我把捕狼夹四个一组地装在放好的诱饵附近，紧紧地拴在埋起来的木桩上，再覆上棉花和沙子，几乎看不出任何痕迹。

一只草原狼被捕狼夹夹住了，我用木棍打死了它，把它扔到一边，然后重新安装好捕狼夹，就像我之前几百次做过的一样。都处理好后，我把捕狼夹的扳手扔到了小马驹身旁，看到附近有些沙子，我便顺手抓了一把想要撒在捕狼夹上。

唉，这真是个倒霉的想法！我没想到自己会阴沟里翻船！那些沙子下面就是一个捕狼夹，就这样，我被夹住了。还好，这些捕狼夹没有齿，而我刚好戴了厚厚的捕猎手套，减少了捕狼夹的咬合力，我的手并没有受伤。但是，我的手被死死地夹住了。我没有惊慌，开始努力用右脚去够扳手。我脸朝下，使劲儿伸展身体，慢慢向扳手靠近，同时让那只被夹住的手伸长、伸直。我够扳手的时候，看不到它，只能用脚一点一点地试。第一次努力以失败告终，虽然我使劲儿去够，但脚没有碰到任何东西。我的脚来回转动，却什么也没有找到。一番努力之后，我发现自己太靠西边了。于是我转了过来，继续用脚触地，直到“咣当”一声，左脚被另一个捕狼夹夹住了。

开始的时候，我还没意识到自己的危险处境，不过很快我就发现，任何举动都是白费力气。我根本不能摆脱任何一个夹子，也不能把这两个夹子挪到一处，只能两脚大开地躺在地上。

我将会落到何种境地呢？虽然不至于被冻僵，因为天已经不太冷了，但是冬天除了伐木工会来，其他人根本不会光顾肯尼迪草原。没有人知道我来这儿了，除非我自己能脱身，否则要么被狼吃了，要么被饿死，总之什么都指望不上。

就这样，我一直躺在那里，看着红红的夕阳从草原西边的云杉沼泽地上落下去，几米之外的土坡上，一只百灵鸟正唱着小夜曲，跟昨晚在我们小木屋门口唱歌的那一只差不多。尽管我的手臂慢慢麻痹了，浑身也在发冷，我还是看到了它长长的小耳朵。然后我想起了莱特家里舒服的晚餐桌，他们这会儿该煎着猪肉准备吃晚餐了吧？要不就已经吃上了。我的小马驹仍然站在之前的地方，耐心地等我回家呢，而辔头就放在一边的地上。它不知道我为什么耽搁这么久，我大声叫喊的时候，它停止了吃草，呆呆地看着我，眼里满是疑问。要是它跑回去，空空的马鞍也许会引起人们的关注，这样他们就会过来找我。但是忠心耿耿的它等了一个钟头又一个钟头，而我在饥寒交迫中就快要死了。

此时，我又想起了老猎手格洛失踪的事情，直到第二年春天，他的同伴才找到他的骸骨，他的一条腿被捕熊夹夹住了。我暗暗地琢磨，我衣服的哪个地方能看出我的身份。突然，我又有了新的想法，要是一只狼被夹住，它有什么感觉呢？哦，我这罪魁祸首现在终于得到了报应。

永远的宾果

夜色渐黑，一只草原狼嗥叫起来，小马驹竖着耳朵，向我靠近了一些，然后耷拉着脑袋站在那里。又有一只狼嗥叫起来，听得出来它们正在附近聚集。我无可奈何地躺在那里，等着它们过来把我咬死。我听见它们叫了许久，然后一个黑漆漆的身影悄悄摸过来。小马驹看到了这个影子，呼哧呼哧地大叫起来，把影子吓回去了。不过很快它们又来了，离我更近了，就坐在我周围的草地上。一只胆子特别大的狼上前，拖住了之前被打死的那只狼。我大声叫喊着，把它吓回去了。小马驹也被吓得跑到了远处。就这样两三次反复后，那只死狼被拖走了，没过几分钟就被狼群给分食干净了。

然后，狼群离我越来越近，它们蹲下来看着我，胆大的闻了闻来复枪，还往上面刨了些土。我用自己还能动的那条腿拼命踢它，而且大声地叫喊着，它往后退了退。但是，我力气消耗得非常厉害，它也看出来了，于是上前冲着我的脸嗥叫。其他狼也都围了上来，眼见我就要被自己最鄙视的敌人撕成碎片，突然，从夜色中冲出来一只大黑狼，高声地叫着。狼群顿时四处逃窜，那只胆大的狼速度慢了一点儿，被抓个正着，片刻之间就成了一具尸体。之后，真是太恐怖了！那只黑狼向我扑了过来，原来是宾果！真是好样的宾果！它一边喘着气，一边用它长满粗毛的身体蹭了蹭我，舔着我冰凉的脸。

“宾果——宾果——老——伙计——给我把扳手拿过来！”

它跑到边上，拖回了来复枪，它知道我要让它取东西，但不知道具体取什么。

“宾果——不对——去拿扳手。”它又跑出去，把我的腰带拖了过来。不过最后，它还是把扳手拖过来了，而且愉快地摇起了尾巴。我用那只能动的手，费劲地把木桩上的螺丝帽拧开，捕狼夹散落开，于是我的手就出来了。一分钟以后，我完全挣脱了束缚。宾果把小马驹也带回来了，我稍微活动一下，就骑上马，先慢慢悠悠地走，后来就极速前进。宾果在前面飞驰，着急回家报信儿。到家后才知道，没有人带宾果去过我被困的那一带，那天晚上，这只勇敢的狗行动异常，不停地呜咽，还不时望着丛林里的小路。夜幕降临时，它突破重重阻拦，冲到小路上，在我们所不知道的一种直觉的指引下，找到了我，并解救了我。

忠心可靠的老宾果——真是一只奇怪的狗。虽然它心里有我，但第二天它连看都不看我一眼，就从我身边跑过去了。而小戈登让它去抓金花鼠时，它却欣欣然地跑走了。到最后，宾果如自己所愿，过着像狼一样的生活，冬天时去找被冻死的马匹，后来又碰到一匹被下毒的马，它照样吃进了肚子里。当疼痛来临时，它没有去莱特家，而是来找我了，待在我

宾果大事记

小读者们，拿起笔来，记录一下这位主角所经历的大事吧！

家的小木屋门口。那天我正好没在家，第二天当我回来时，看到宾果倒在了雪地里，头枕在门槛上——它的童年时光就是在门槛上度过的。直到生命的最后一刻，宾果仍来找我帮忙，但我却让它失望了。

02

黄狗巫利

扫描二维码
听导读

黄狗巫利

巫利是一只小黄狗，但并不是一只普通的黄狗，而是杂种狗里血统最复杂的一种，拥有所有狗的特点。虽然算不上名贵品种，却是最古老、最优良的品种，因为大自然让它保持了所有狗的祖先——胡狼的原始血统。

的确，胡狼的拉丁文学名是Canis aureus，意思为“黄色的狗”。这种小黄狗和家养的狗品性相似，机灵、活泼、敏捷、强健，比任何“血统纯正”的狗更能接受生活的挑战。

如果我们把一只黄狗、一只灵缇犬和一只斗牛犬丢在荒漠中，六个月后谁能幸存下来呢？不用想，肯定是那只被人瞧不起的黄狗。它没有灵缇犬的速度，但也因此不容易得肺病和皮肤病；它也没有斗牛犬的力气和凶猛，但它有比这强一千倍的东西——生存的常识。健康和智慧是生存的必要条件，在人类还没有驯服狗之前，依靠着这两样法宝，黄狗成为狗世界的唯一幸存者。

灵缇犬

原产于中东地区，是古老的犬种之一。最早被训练来利用视觉追踪猎物的视觉型狩猎犬，是世界上脚程速度最快的犬类，时速可达64千米。

偶尔，黄狗也可能出现变异，比如长了尖尖的耳朵，这时候你一定得提防，它会变得狡猾奸诈，像狼一样撕咬猎物。它天性里有一种奇怪的野性，在长期遭遇逆境或虐待后，这种野性可能会让它恢复狼的性情，而和人类相亲相爱的优点将消失殆尽。

斗牛犬

原产于英国，起源于19世纪，是最具有战斗力的犬种之一。历史上曾用做斗牛，以凶猛和富有攻击性见长，经过有选择的培育，性格逐渐变得温和。

三百七十四只羊

小巫利出生于遥远的切维厄特丘陵。在刚出生的一窝小狗中，只有小巫利和另一只小狗被主人留了下来。这是因为这只小狗长得很像当地那只最优秀的狗，而巫利则是因为自己漂亮的皮囊。

巫利从小就过着牧羊犬的生活，跟一只经验丰富的柯利牧羊犬学本领。一位智商可能不如它们俩的老羊倌则是它的主人。过了两年，巫利完全长大了，学会了牧羊的所有本领。从羊角到羊蹄，没有它不熟的东西。它的主人老罗宾十分清楚它的本事，所以放心大胆地把羊群交给它。自己整晚泡在酒吧里，而让巫利来看管这些毛茸茸的傻瓜。巫利接受了很好的训练，无论从哪方面来看，它都是一条聪明伶俐的狗，前途一片光明。它从来也不会鄙视自己的主人。老罗宾满身缺点，每天都醉生梦死，过着单调的生活，不过，他也很少虐待巫利。所以，巫利对他忠心耿耿，这种忠诚就连这片土地上最伟大、最聪明的人都渴望获得。

巫利从来没想过，有谁还能比罗宾伟大。其实，罗宾不过是在为一个牛羊贩子工作，每周才挣五先令。这一天，他接到命令，把羊群赶到约克郡的郊外市场去。罗宾和巫利带领着三百七十四只羊出发了，巫利对这次行动非常感兴趣。

在安全地穿过诺森伯兰郡，抵达泰恩河畔后，羊群被赶上渡船，然后在南希尔兹港上了岸。工厂巨大的烟囱喷着滚滚的浓烟，把天空熏得漆黑，就像暴风雨前的乌云低悬在街道上空。羊群以为遇到了切维厄特地区特有的暴风雨，惊慌失措，朝四面八方逃散，全然不顾老罗宾和巫利。

老罗宾呆呆地看了半分钟，然后火急火燎地向巫利下命令："巫利，快把它们赶回来。"在费尽心思想出这个点子后，他坐下来，点上烟斗，取出织了一半的袜子继续织起来。

在巫利看来，老罗宾的命令就是上帝的命令。它向各个方向跑去，拦住正在逃窜的羊儿，把它们聚拢在一起，带到罗宾面前。罗宾惊呆了，他刚织到袜子的脚趾部分。

巫利开始发出信号，表明羊儿全回来了。老罗宾于是清点数目……三百七，三百七十一，三百七十二，三百七十三。

"巫利，"他用责备的口气说，"还少一只。"羞愧的巫利赶紧回去，满城搜索那只走丢的羊。它刚离开没一会儿，就有一个小男孩指出来，一共有三百七十四只羊，一只都不少。这下子罗宾不知道该怎么办了。他的任务是尽快把羊群赶到约克郡，不过他了解巫利，要是找不到那只羊，它是不会回来的，就算偷也会偷一只回来。以前就发生过这样的事，还引起了不小的麻烦。这如何是好呢？这周的五先令要保不住了。巫利是只好狗，失去它当然可惜。但是他自己的任务呢？要是巫利真偷一

巫利小档案

小读者们，快拿起笔来制作这份小档案吧！可以从原文摘录相关文字或者用自己的话来写。

外貌特点：

性格特点：

只羊回来，就更麻烦了，更何况现在又是出门在外。最后他决定丢下巫利，单独赶着羊群出发。至于巫利会怎么样，没人清楚，也没人在意。

南希尔兹港

英国英格兰北部的工业城市和港口，位于北海沿岸、泰恩河口。13世纪建市。造船、修船及海上工程业发达，为英国最早的救生船站。

与此同时，巫利在大街小巷寻找着那只“走丢”的羊。它整整找了一天，又累又饿，满面羞愧地偷偷回到渡口，却发现主人和羊群消失得无影无踪。它伤心极了，让人不忍直视。它一边呜咽一边奔跑，跳上渡船，跑到对岸，继续寻找主人。找遍所有地方后，它又回到南希尔兹港，整个晚上都在寻找它愚蠢的主人。第二天，它还在找，来回渡河，仔细地嗅闻每一个过路的人，甚至格外聪明地去附近的小酒馆寻找一番。又过了一天，它开始了系统的搜寻。

渡船每日往返五十次，一次平均一百人，巫利一次不落地跳上渡船，嗅闻每个人的双腿，那天它用这个方法闻了五千双腿，也就是一万条腿。一天一天过去，整整一个星期，巫利都废寝忘食地坚守在渡船上。很快，饥饿和焦虑影响了它的健康，它日渐消瘦，脾气也暴躁起来，不让别人动一下，任何试图打扰它工作的行动都会让它发狂。

一天天，一周周，就这样过去了，巫利一直在等待，但它的主人再也没露面。港口的工人们为了表示对它的尊敬，给它提供了食物和窝棚。一开始，它无动于衷，没有人知道它是怎么撑下来的。不过最后饿得实在不行了，巫利终于接受馈赠，并对给予馈赠的工人们友好起来。虽然它对这个世界充满了仇恨，但还是对一文不值的主人忠心耿耿。

十四个月后，我认识了巫利。它仍然守在渡口，状态看起来也不错，脖子上雪白的绒毛和尖尖的耳朵衬得它聪明机灵，十分讨人喜欢。当它闻到我并不是它要找的人时，就再也不看我了。尽管接下来的十个月，我一再表示友好，也没得到它多一分的信任，我们还是形同陌路。

整整两年过去了，它还在渡口守候着。不是因为距离远，也不是害怕迷路，而是它深信主人会回来，深信上帝般的罗宾希望它在渡口等着，所以它留下了。

只要它认为有可能，就会跳上渡船。如果一只狗过河需要一个便士，照这么算，巫利已经欠了渡船公司数百英镑了。船上的每条腿，它都要去闻一闻，据本人观察，它至少闻过了六百万条腿。虽然徒劳无功，它仍坚定不移，从不放弃。只是在长期的压抑下，它的脾气日渐暴躁。

德比郡

位于英国中部，首府是马特洛克。北部为高原，中部为丘陵，南部有较开阔的河谷平原。

没有人知道罗宾后来的情况。有一天，一个身体健硕的牲畜贩子从渡船上下来，巫利机械地检查这个陌生人。突然之间，它鬃毛竖了起来，浑身战栗，发出低沉的叫声，全神贯注地盯着这个陌生人。

一个港口的工人不明情况，冲陌生人大喊：“嘿，伙计，别招惹那条狗。”

“我没招惹它，你这傻瓜，是它招惹我。”很快也不用解释了。因为巫利的行为发生了彻底的转变，它开始讨好那个人，前所未有地使劲儿地摇着尾巴。

原来，这个牲畜贩子叫多利，是罗宾的旧相识，他戴的手套和羊毛围巾都是罗宾织的，被罗宾戴了好久。巫利闻出了主人的味道，同时放弃寻找罗宾，主动表示愿意跟戴着手套的新主人走。多利也欣然同意了，带它回到德比郡山里的家。巫利重新当起了牧羊犬。

狡猾的老狐狸

蒙萨德尔是德比郡最有名的山谷之一。这里只有一个小旅馆，名字叫“猪和口哨”，远近闻名。旅馆老板乔·格雷托雷克斯是个聪明能干、身体健硕的约克郡人，喜欢拓荒，最后却成了一家旅馆的主人，不过天生爱……还是别提了，在那个地方偷猎也算不上多大的罪恶。

巫利的新家就在山谷东边的高地上，在乔的旅馆的上方。这是我来蒙萨德尔的原因之一。巫利的新主人多利在地势较低的地方种了庄稼，还养了一群羊。巫利就负责看管这些羊，在它们吃草时盯着它们，到了晚上再赶回羊圈，像以前一样聪明能干。就一只狗来说，巫利不太热情，总是满腹心事，一看到陌生人就狂叫，但对羊群却用心呵护。那一年，邻居家的羊被鹰和狐狸偷走了不少，但是多利家一只羊也没丢。

这片山谷不是一个好的猎狐区。遍地是岩石丛生的山脊，高高的石墙。悬崖峭壁让骑马的人心有余悸。由于岩石里到处都是藏身的好地方，所以说，狐狸没有在蒙萨德尔称王称霸已经是奇迹了。然而，不仅没有，而且从前也鲜有人抱怨。到了一八八一年，一只狡黠的老狐狸在这一带安营扎寨，就像钻进奶酪里的老鼠，尽情地嘲笑着猎人们的猎犬和农民家的杂种狗。

有好几次，一些皮克犬追赶它，但它每次都在魔鬼洞成功逃脱了。在这个山谷里，这些岩石的裂缝不知延伸了多远的距离，只要躲进去就安全了。当地人认为这些洞有法力，因为有一只猎犬眼看就要捉住这只老狐狸了，突然间就发疯了。之后，人们深信这只狐狸得到了神明的保护。

这只老狐狸继续干着打家劫舍的勾当，总是发动突袭，每回还能化险为夷。发展到最后，它还大肆地屠杀牲畜。先是迪格比家一夜之间丢了十只小羊羔，再是卡罗尔家少了七只，然后是牧师家的鸭塘全军覆没。此后，每天都有家禽、羊羔或者绵羊被残杀，就连小牛也没能幸免。

人们把这一切都算到魔鬼洞的那只老狐狸头上。大家只知道它身形庞大，因为它的爪印非常大。但是，从来没有人看见过它，猎人也没看到过。还有人发现，本地猎犬中最可靠的雷和铃铛怎么也不肯追踪它留下的气味。

它的恶名使得皮克犬的主人不敢在这一带逗留。

在乔的建议下，蒙萨德尔的农夫们达成了协议：只要一下雪，他们就组织起来，把这一片地方搜个遍，铲除这只可恶的狐狸。然而，雪一直没有下，这位红毛绅士也悠然自得。它老奸巨猾，从不会连续两晚去同一个农场，也不会在作案现场吃猎物，更不会留下暴露自己老窝的爪印。它的爪印通常消失在一片草地或者一条公路上。

有一次，我见到了它。那是一个下着暴风雪的深夜，我从贝克维尔到蒙萨德尔去。在绕过斯泰德家的羊圈时，天空出现了一道闪电，借着闪电的光，我看到了眼前令人吃惊的画面。二十米外的路边，蹲着一只硕大的狐狸，它一边凶狠地盯着我，一边用舌头挑衅地舔着自己的嘴巴和鼻子，很快什么也看不到了，要不是随后发生的事，我还以为当时看花眼了呢。第二天清晨，在那个羊圈边上，发现了二十三只羊的尸体。毋庸置疑，肯定是昨晚那个家伙干的。

只有多利家得以幸免。这真是太奇怪了，因为他家就在受害地区的中心，离魔鬼洞不到两千米。忠实的巫利证明了自己比周围所有的狗都管用。每天晚上，它都把羊一只不落地赶回来。那只老狐狸也可能在多利的农场附近转悠过，但都被聪明、机灵、勇敢的巫利给制止了。它不仅保护了主人的羊群，自己也安然无恙。每个人都深深地佩服它，要不是它那暴脾气越来越坏，它早就变成惹人怜爱的宠物了。巫利非常喜欢自己的主人，以及主人的长女赫尔达。赫尔达聪明能干，管理着家里的大小事务，也特别照顾巫利。至于多利家的其他成员，巫利也容忍着，除此之外的人和狗，巫利都当成仇敌。

上次在南希尔兹码头，我就见识了它那乖戾的脾气。当时我正走在多利家后面的小路上，巫利趴在家门口的门槛上。我越走越近，站了起来，就像没看到我一样，也跑到了小路上，在离我一百米远的地方停下，一动不动地站在那儿，专注地盯着远处那一片沼泽。那耸动的鬃毛表明它并非一座雕像。我继续往前走，它丝毫没动。我不想招惹它，于是从旁边绕过去。它马上离开原地，又向前跑了几米，继续停在路中间。我继续向前，踩着草丛，从它身边绕过去。突然，它咬住了我的左脚后跟。我用右脚踢它一下，它躲开了。我手里没有棍子，就向它扔了一块石头，砸到了它的后腿，它倒在沟里。跌倒时，它发出一声号叫，然后挣扎着从沟里爬出来，一瘸一拐地走了。

虽然巫利对周围的世界充满了敌对的情绪，但对多利的羊群，它却呵护有加。它搭救羊群的故事在当地广为流传。它无数次地挽救了跌落在池塘或者洞里的羊羔，扶起了抽筋的母羊，又靠着自己那双锐利的眼睛，从沼泽上空出现的老鹰嘴里抢救出小羊。

被害的二十只羊

到十二月底，冬雪降临时，蒙萨德尔的农民仍然每晚向那只老狐狸交祭品。有一晚，寡妇格尔特家里仅有的二十只羊全部被害。翌日，愤怒的农民们背着枪出发了，跟着雪地上留下的爪印一路前进，那个硕大的爪印肯定是那只老狐狸的。一开始，爪印非常清晰，等到了河边，就暴露出它的狡猾，它跳进了没有结冰的水流里，但对岸没有留下任何痕迹。搜索了很长时间之后，他们才在上游不到四公里的地方，找到它上岸的爪印。那个爪印一直延伸到亨利家的高墙上，那里没有积雪，所以没有留下任何踪迹。农民们没有放弃，仍在搜寻线索。等他们穿过高墙出现在公路上时，人们对脚印的走向产生了分歧。一些人认为它沿着公路向上走了，而另一些人认为向下走了。最后，乔说服了所有人。他们继续搜寻，找到了一些一样的爪印。不过，有人说这个离开公路后闯入羊圈的爪印比此前的爪印似乎更大一些。这个留下爪印的家伙从羊圈穿过，踩着别人留下的脚印，跑到通向沼泽地的大路上，直奔多利家。

那天，由于下雪，多利家的羊没有出门，巫利也不用工作，正趴在一块厚木板上晒太阳。当农民们靠近房子的时候，巫利使劲儿地狂叫，躲进羊圈里不肯出来。

乔·格雷托雷克斯走近查看了巫利留在雪里的爪印，顿时大吃一惊，指着这条跑进羊圈的牧羊犬说：“伙计们，不用再找了，已经找到杀死寡妇家所有羊的凶手了！”

一些人表示同意，也有一些人主张回到当时产生分歧的地方，重新查一遍。就在这个重要的时刻，多利从屋子里出来了。

“多利，”乔对他说，“昨晚，你家的狗咬死了寡妇家的二十只羊，要我看，它肯定不是第一次干这种事了。”

“什么？你是不是疯了？”多利反唇相讥，“我从来没见过比它更好的牧羊犬了，它对羊群爱护有加。”

“是啊，从昨晚的事上，我们就能看出来它有多爱羊群！”乔回答道。

这些人把早上的追踪经历说了一遍，可白费口舌，多利认定他们是出于嫉妒，想抢走巫利。

“巫利每天晚上都睡在厨房里，从不出门，除非让它去看管羊群。老兄，它一年到头都和我的羊在一起，我连个羊蹄子都没丢过！”多利接着说。

这些家伙明显就是要毁掉巫利的好名声，多利被气得激动万分。另一边，乔和其他人也怒火中烧。最后，赫尔达提出一个办法，双方才平静下来。

“爸爸，”她说，“我今晚就睡在厨房，看着巫利，要是它晚上出门，我就能看到；如果它没出去，村里的羊还是被咬死，那就能证明它的清白。”

恐怖的深夜

那天夜里，赫尔达睡在了厨房的长椅上，巫利和往常一样还睡在桌子底下。夜越来越深，巫利开始焦躁不安，翻来覆去，起来一两次，看了看赫尔达，然后又躺下。到凌晨两点钟，它再也按捺不住，偷偷起来，望向窗户外，然后又看一眼一动不动的女孩。赫尔达平静地躺着，呼吸均匀，巫利慢慢靠近，对着她的脸呼吸，她没有任何反应。它又用鼻子蹭了蹭，她依旧没有动静。之后，它歪着头，竖着耳朵，凝视她安静的面容，她还是没有动静。于是它走到窗口，悄悄爬上桌子，用鼻子打开窗闩，顶起窗框，直到能伸进去自己的一只爪子。然后再用鼻子把窗框拱上去，留够自己身子出去的空间，等屁股和尾巴都出去后才放开窗框。它的动作如此熟练，显然经过了长期的练习。最后，它消失在漆黑的夜里。

赫尔达在长椅上看得瞠目结舌，过了一会儿，确认巫利已经离开后，她站起来，想去找她的父亲过来。但想了一下，决定等巫利回来，拿到确切的证据。她盯着窗外漆黑的夜色，连巫利的影子都瞧不见。她往火堆里添了一些木柴，又躺下了。一个多小时过去了，她一直清醒地躺在长椅上，听着厨房钟表的摆动，每个细微的

巫利大事记

小读者们，拿起笔来，记录一下这位主角所经历的大事吧！

声音都让她紧张不已。巫利到底干吗去了？它真的咬死了寡妇家的羊吗？可是一想到它对自家的羊是那么温柔，她又放下心来。

又一个小时过去了，窗户边响起了微小的声音，这让她的心怦怦直跳。一阵抓挠声过后，窗框被顶起来。很快，巫利就跳进来，身后的窗户也关上了。

趁着摇曳的火光，赫尔达看到巫利眼里闪烁着狂野的光芒，嘴巴和雪白的胸口布满了鲜血。它屏住急促的喘息声，打量着女孩，看她一动不动，就躺下来，舔自己的爪子和鼻子，偶尔发出低沉的叫声，像是在回味刚才的事情。

赫尔达看清楚了，乔的看法是对的，不用怀疑了。突然她的脑子里闪现出一个崭新的想法，她意识到那只可恶的老狐狸正是巫利。她猛地站起来，盯着巫利，大叫起来："巫利！巫利！这一切都是真的？哦，巫利，你这个该死的畜生！"

她犀利的声音回荡在厨房里。巫利就好像被枪射中一样，退缩了一下。它绝望地看了一眼关好的窗户，目光恶狠狠的，鬃毛也竖了起来，在赫尔达的注视下，缩作一团，然后趴在地上，好像在祈求原谅。它慢慢地接近赫尔达，就像要舔她的脚。它已经爬到跟前了，接着猛地一跃，扑向赫尔达的喉咙。

女孩没有防备，本能地拿胳膊挡了一下，巫利长长的尖牙就咬进了她的胳膊里，咬得骨头咯吱作响。

她大声呼喊：“爸爸，救命！爸爸，救命！”

巫利很轻，赫尔达甩了几下，就把它甩开了。但是它的目的很清楚，要拼个你死我活。

“爸爸！爸爸！”赫尔达继续呼救。眼下这个疯狂的“魔鬼”正撕咬着女孩那天天给它喂食的手，奋力地想要弄死她。

赫尔达苦苦地挣扎着，但于事无补，巫利马上就要咬上她的喉咙了，在这紧急关头，多利冲进了厨房。

经过一阵令人害怕的沉默，巫利扑向了多利，一次又一次地撕咬着他。多利用炉钩子击中了巫利，它瘫了下去，躺在石板上喘息。它已经走投无路了，但还是挣扎着起来。多利拿炉钩子又敲了它脑袋一下，顿时脑浆迸裂，溅在石板上。巫利，聪明、机灵、勇敢、忠实却又狡猾的巫利，抽搐了一会儿，伸直身体，永远地不动了。

03

斗牛犬小暴君

扫描二维码
听导读

脾气暴躁的小狗

我第一次见到它，是在万圣节前一天的傍晚。那天早上，我接到了大学时的朋友杰克的电报：“我怕你忘了我，特地给你寄去一只奇特的小狗，对它客气点儿，它肯定听你的话。”杰克以前送过我不少奇怪的东西，并把它们都说成是一只小狗，所以我满心期待着邮包的到来。最后，邮包终于到了，外面的包装上写着醒目的“危险”字样。一丝声响都能引发里面那只小东西的暴怒。隔过木箱上的铁丝网，我看到那是一只白色的斗牛犬。

任何接近木箱的人或者东西，都会让它狂吠一阵子，着实让人心烦。狗的叫声有两种：一种是低沉的吼叫，那是客气的抗议；还有一种是高声的号叫，那是采取行动前的最后警告。这个小家伙的叫声就属于后面一种。我很喜欢养狗，自认为很了解狗；所以，一打发走送货的人，我就拿出所有的工具——折叠刀、牙签、钉锤、工具箱、短柄斧子、铁铲，试图打开木箱。不出我所料，无论我用哪件工具敲敲打打，那只狗都会发出撕心裂肺的吠叫。我刚打开铁丝网，它就向我冲来，要不是被铁丝网绊了一下，我的腿估计保不住了。幸好我跳到桌子上，它够不着，我暂时脱离了危险。我想和它沟通一下，缓解这种紧张的局势。我一直认为，人类可以和动物交流，即使它们听不懂我们的语言，也至少能让它们了解我们的想法。不过，这只狗显然觉得我虚情假意，不屑和我沟通。

它蹲在桌子下面，一直盯着我急欲下来的腿，我想用眼神和它交流，可无论如何它都不能明白我的意图。就这样，我被困在桌子上动弹不得。哼，我可是一个意志坚定的人，想跟我比耐力？那就看谁能赢。我拿出一支烟，坐在桌上抽了起来。那个“小暴君”还在桌子底下紧紧地盯着我的腿。为了打发时间，我拿出电报来读：“奇特的小狗，对它客气点儿，它肯定听你的话。”客气可没让它听我的话，反而是我坚定的意志救了我，大概过了半个小时，它就不再狂吠了。

又过去一个小时，即便我用报纸来回逗它，它也不跟着报纸动，它的怒气好像消失了。当我点上第三支烟的时候，它大摇大摆地朝火炉走去，一边走一边继续盯着我，我察觉到它在蔑视我，但我完全不理会。它用一只眼睛盯着我，我也用两只眼睛盯着它，确切地说，是盯着它的尾巴，要是它摇动了尾巴，我就赢了。可是，它一次也没摇自己的尾巴。我一直在读

“小暴君”小档案

小读者们，快拿起笔来制作这份小档案吧！可以从原文摘录相关文字或者用自己的话来写。

外貌特点：

性格特点：

一本书，直到双腿抽筋，炉子里的火也慢慢地熄灭。晚上接近十点时，屋里温度骤降，不到十点半，火全都熄灭了。我的万圣节礼物终于站起来了，打着哈欠，伸着懒腰，跑到我床底下，找到一块毛毯，躺了下去。我轻手轻脚地从桌子上下来，走近梳妆台，又从梳妆台走到壁炉边，最后走到床边。我悄悄地脱了衣服，钻进被窝，完全没有招惹它。我还没睡着，就听到一丝声响，它跳上了床，趴在我的脚和腿上。原来，它嫌床下太冷，上来享受这个房间里最舒适的待遇。

它蜷缩在我脚边，让我很不舒服，我试着调整姿势，但稍微一动，它就狂吠不止。幸好我裹着厚厚的被子，不然肯定得被它咬成残疾。夜里，我慢慢地调整姿势，花了一个多小时才让自己舒服地睡去。其间又被它的叫声惊醒几次，大概是因为我在睡梦中无意识的动弹引发了它的怒火。有一次，我确定它仅仅是因为我打呼噜而大叫。

早上，我比它起得早些。对了，我给它取名“小暴君”，全名叫“活力小暴君”。有时候很难给狗取名字，有时候也不用取，直接叫狗就行。

等到七点钟，我想起床了，小暴君不干，它八点才起。于是我们一起八点起的床。对于我要生火这事，它完全没有意见，允许我不在桌子上穿衣服。我离开屋子去吃早餐时，对它说：“小暴君，别人也许会用鞭子来驯服你，不过我有更好的主意。最近医生都用‘断食法’来帮助病人，我也试一试。”

这个方法有点儿残酷，我一天没喂它吃任何东西。我花了一整天来修它留在门上的抓痕，等到晚上的时候，它开始愿意吃我手上的食物了。

没过一周，我们就成了好朋友。它睡在我床上，并且允许我随便动。“断食法”果然有效，几个月里，我们相处友好，完全印证了那封电报的正确性。

小暴君胆大包天。要是一只小狗靠近它，它完全无所谓。要是一只中不溜儿的狗过来，它会竖起尾巴，围着人家打转，还用自己的后爪蔑视地蹬地，眼睛望着天空、远处和地面，就是不看那只狗，同时发出嗥叫，警告对方。要是对方没有马上离开，一场战斗就不可避免了。一般情况，它会很快击败对手。有时候，它也会吃点儿苦头，尽管如此，它也没有胆怯。在一次狗的展览会上，它从马车里看到一只巨大的圣伯纳犬。那只狗激起了它的斗志，它随即从马车上跳下去，摔断了自己的一条腿。

圣伯纳犬

原产于瑞士，被称为瑞士的国宝，在丹麦也有悠久的历史，但19世纪中叶，数量越来越少，几乎到了灭绝的地步。圣伯纳犬性格温顺，忠于主人，容易训练。

它从来就没恐惧过，从来都是活力充沛，这就是我给它取名“活力小暴君”的原因。它跟我见过的其他狗不一样，比如说，一个男孩向它扔石头，其他狗会马上逃跑，而它会迎上去，要是那个男孩不知悔改，它一定会用自己的方式惩罚他。如此一来，它赢得了人们的敬畏。只有我和办公室的搬运工了解它的优点，尊重它的个性。这种好感与日俱增，夏天过了一半的时候，它在我心中已经占了很大的比重，就算卡耐基、范德比尔特、阿斯特一起出钱，也买不去小暴君的一只耳朵。

好朋友

由于工作的缘故，我并不是经常出差，但是秋天来临时，我接到了出差的命令，只能把小暴君留给房东照看。小暴君不喜欢我的房东，我的房东也不待见小暴君，彼此都看不顺眼。

我去北部出差，是为了销售金属鱼钩。每个星期我都写信给房东询问情况，有时我也接到房东的来信，抱怨小暴君的恶行。

我到北达科他州的门多萨市时，找到了一个巨大的市场。当然，我的客户都是大零售商。我拜访了每个潜在的客户，听取他们对不同产品的看法，因此知道了潘鲁夫兄弟的事情。

北达科他州

美国中西部的一个州，是大草原里最北的一个州，州名来自印第安语，意为“与友人联合居住的地方”。

但凡在乡下待过的人，都听过有关狡猾的灰狼的事情，以及它们给人类带来的巨大损失。以前，人类可以用毒药消灭它们。现在，毒药不管用了，潘鲁夫兄弟和其他的牛仔一起，尝试各种捕猎灰狼的方法，利用各个品种的猎犬来帮助他们捕狼。

每个品种的猎犬都有致命的弱点：猎狐犬过于柔弱；大丹犬过于笨拙；灵缇犬不擅长寻找猎物，只有猎物出现在眼前，才能展开行动。然而，牛仔们并没有放弃，他们试图通过分工合作来取得胜利。我被邀请参加他们的围捕行动，各种各样的猎犬让我眼花缭乱，有一些杂种狗，还有一些名贵的狗，特别是俄国牧羊犬，肯定花费颇多。

潘鲁夫兄弟中的哥哥——希尔顿·潘鲁夫，在自己的许多猎犬中，最喜欢俄国牧羊犬，希望它们取得非凡的成就。

“猎狐犬身子骨单薄，大丹犬速度太慢，俄国牧羊犬完全不同，要是动起来，全身的毛都在颤抖。”

不同的猎犬被安排到不同的位置，灵缇犬负责追击，大丹犬负责断后，俄国牧羊犬则是主攻，再加上两三只猎狐犬负责追踪猎物，因为它们的嗅觉敏锐，善于追踪看不到的猎物。

猎狐犬

别名英国猎狐犬，其祖先是圣·休伯特猎犬。最早由诺曼人于1066年入侵英国时带入。13世纪英国猎狐活动兴起，这一犬种开始得到迅速发展。猎狐犬成群生活，成员都成双成对，而不是以单只计算。

十月的一天，我们在山里骑行，尽管已是深秋，但还没有下雪或者下霜。空气非常新鲜，马匹也充满活力，有一匹小马好几次都把主人给摔了下去。

刚出发没过多久，我们就看到了一两个小黑点，希尔顿说要么是灰狼，要么是郊狼。猎犬们朝气蓬勃、如狼似虎地奔跑着，但直到晚上，仍然没有收获，其中还有一只伤到了肩部。

“要我看，俄国牧羊犬也没什么用处嘛！”希尔顿的弟弟格温说道，“我还是让那只黑色的大丹犬上吧，肯定比俄国牧羊犬强！”

“不可能！”希尔顿大声说道，“我的狗对付灰熊都没问题。”

“照我看，”一个老人插话说道，“它们可以追踪，可以辨认足迹，也能对付那些狼。要是它们不愿意跟狼决斗，可能就是假把式，我的钱可别打水漂了。”

当他们吵得热火朝天时，我骑马走到一边。

现在只有一种解决方法了。这些猎犬确实敏捷而壮实，但是缺乏勇气去面对灰狼。所以每次灰狼都能从它们面前逃脱。

我脑海里不由得出现床上躺着的小暴君的身影，多希望这只胆大包天的小狗在这里呀！它肯定不会退缩，能给其他猎犬带来勇气，对抗灰狼。

之后，我去了博罗卡。在那里，我收到房东的两封信，一封说“那只讨人厌的小狗把屋子弄得乱七八糟”，另一封强烈要求我把它带走。

“为什么不把它带到门多萨来呢？”我思忖着，“二十个小时就到了，他们肯定愿意见到它，等我结束工作，还能顺路把它带回家。”

大丹犬

又名大丹狗、德国獒，曾被欧洲王室及贵族饲养，是贵族身份地位的象征。外表高贵优雅，肌肉丰满，强壮有力。

大显身手

这一次，我和小暴君的会面同样超出我的预期，它向我猛扑过来，不停地咬我的裤脚，一边不断地从胸腔发出兴高采烈的叫声，一边频频地摇晃着尾巴。

近来，潘鲁夫兄弟多次捕猎灰狼，但都无功而返。每次都能追踪到灰狼的足迹，但猎犬们就是捉不到它们。猎手们也不知为何，行动总是失败。

老潘鲁夫打趣道："这些猎犬或许只能抓抓野兔了，胆子实在太小了。"

第二天早上，我跟着捕猎队伍一起出发。队伍还是由精神抖擞的骑手和马组成，还有之前的那些猎犬：黄狗、蓝狗和斑点狗。这次多了一张新面孔，一只小白狗，它紧紧地跟在我身旁，一有人或者猎犬试图靠近，它会毫不客气地咬他们一口。它对村里的每个人、每只狗都有敌意，只对门多萨旅馆老板的小喇叭狗非常友善。那是一只小母狗，个头比小暴君小不少。

我永远也忘不了那天捕猎的场景。我们正在攀登高高的山丘，那里视野开阔，希尔顿用望远镜瞭望，突然看到了可疑的身影，他大喊起来："我看到了，它从这里过来，跑到那里去了，那肯定是一只郊狼。"

希尔顿随即呼唤："过来，过来，丹德。"他坐在马鞍上，身体倾斜了一下，伸出一侧的脚，向自己的爱犬示意，丹德敏捷地跳到他身边。希尔顿继续说道："它在那里，丹德，去那边，找到它。”丹德看着自己主人手指的方向，轻声叫唤后，向那边跑去，其他猎犬紧紧跟随。骑着马的骑手也紧跟其后，但是因为地势不平，到处都是水沟、獾洞和石头，我们无法全速前进，只能远远地跟在后面。

因为不擅长骑马，所以我拖在队伍的最后。猎犬们一会儿疾驰在平原上，一会儿爬下沟壑，从另一边冒出来。丹德，就是那只灵缇犬，跑到了队伍的最前面，是猎犬公认的领导者。等我们翻越山岭时，看到了追猎的全景，一只郊狼在前面奔跑，猎犬们拉开了五百米左右的距离在追逐，它们之间的距离越来越小。当我们再次看到那只郊狼时，它已经死了，猎犬们在旁边喘着粗气，猎狐犬和小暴君落在了后面。战斗都结束了，它们还没赶到战场。

“真是没用！”希尔顿看着落后的猎狐犬说道，然后又骄傲地拍了拍丹德的头，说：“干得不错，丹德，我们就需要你这样的！”

“十只大狗对付一只郊狼，真是好样的！”那个老人嘲讽地说道，“还是遇上一只灰狼再看吧！”

之后的那一天，我继续跟着捕猎的队伍，满心好奇地想看看到底会遇上什么情况。

郊狼

犬科犬属的一种，与灰狼是近亲。郊狼是美洲分布最广泛的一种犬科动物，适应能力极强，森林、沼泽、草原，甚至牧场和种植园都能看到它们的身影。多喜群居，常追逐猎食。

在一处高地上，我们看到了一个灰点正移动着。白点是羚羊，红点是狐狸，灰点不是灰狼就是郊狼，从它们尾巴的形状可以区分出来，郊狼的尾巴向下，灰狼的尾巴则向上。

丹德像之前那样一马当先地跑到最前面，带领着混杂的队伍：灵缇犬、牧羊犬、猎狐犬、小暴君、骑手。我看了一眼追逐的情况，毫无疑问，前方奔跑的是一只灰狼，但是猎犬们跑得可不像追郊狼时那样迅速，而是一个个慢腾腾地，最后竟一只不落地跑回我们身边，灰狼却不知所踪。

灰狼

擅长快速及长距离奔跑，多喜群居，常追逐猎食。生活于森林、沙漠、山地、寒带草原、针叶林、草地。

眼看着猎犬勇气尽失，猎人们不禁互相嘲讽。

“真是胆小鬼，没一个胆大的！”老潘鲁夫气得破口大骂，“它们明明可以轻松地追上灰狼，可是灰狼一回头，它们就逃回来了。”

“那只胆大包天、无所畏惧的斗牛犬呢？”希尔顿讥讽地问我。

“我也不知道，它可能压根儿就没看见灰狼，要是看到了，肯定会死死地追上去，拼它个你死我活。”我回答道。

当晚，牧场附近又有几头牛被杀死了，猎人们决定继续捕猎。

一开始跟往常一样，接近傍晚时，在相距八百米左右的地方，我们终于看到了一个灰点，尾巴向上。希尔顿依旧把丹德叫到马鞍旁，我也把小暴君叫过来，让它好好看看，可惜它腿太短，跳了几次，最后把我的脚当跳板，才看到我指的方向。它看到猎物后，赶紧跑过去，这个时候，猎犬们早已跑得不见踪影了，它独自奔跑着，有一股不达目的决不罢休的气势。

这次，那只灰狼并没有去崎岖的河谷，不知为什么跑到了开阔的平原。我们站在高处观察追逐的形势。丹德追上灰狼后，向它的腰臀咬去。灰狼马上回过身来迎战，其他猎犬也赶了过来，把灰狼包围起来。猎犬们都在狂吠，但没有一只发动进攻，等到白色的小斗牛犬追上来，直扑向灰狼的喉咙。这一下并没有咬中，只咬到了灰狼的鼻子。就在这个时候，十多只大猎犬扑了上去，两分钟后，战斗就结束了。等我们快马加鞭赶过去时，目睹了小暴君的勇敢，我总算兑现了对潘鲁夫兄弟的承诺。

现在可以为小暴君欢呼雀跃了，它以自己的行动向门多萨的猎手们表明：没有人类的帮助，猎犬们一样可以捕获猎物。

虽然这一次猎犬们取得了胜利，不过不太完美：一来这只灰狼才两个月大，缺乏经验，所以才跑向开阔的平原；二来小暴君负了伤，被那只小狼咬到了肩部。

在返回农场的路上，我注意到小暴君走路有点儿瘸，我叫它：“过来，到这里来。”它试着跳了两次，但都没跳上来。我只好叫希尔顿帮忙把它抱上马来。

“你还是自己把它抱上去吧！”他回答道。谁都知道，小暴君可不那么容易相处。“小暴君，咬住这个！”说完，我把马鞭伸过去，它咬住马鞭，顺势跳了上来。我像照顾孩子一样照顾它。它让猎手们意识到猎犬们的劣势，虽然灵缇犬身手敏捷，大丹犬和俄国牧羊犬善战，但是没有胆识过人的带头者，它们一无是处。此后，猎手们找到了捕猎的关键所在。你要是偶然来到门多萨市，会看到捕猎队伍里总有一只斗牛犬，没准儿还是小暴君的后代呢。

英雄小暴君

一年过去了，转眼又到了万圣节的前夕。那天风和日丽，气温宜人，没有下雪的迹象。人们用捕猎的形式来庆祝这个节日。当然，捕猎的对象就是灰狼。让大家遗憾的是，小暴君的伤还没有痊愈，它每天都睡在我床上，把我的床单染得血迹斑斑。这样的身体状况是无法参加捕猎行动的，于是在我们出发时，我把它关到了厕所里。起程后，我一直有种不祥的预感，没有了小暴君，我们这次的行动准会失败！

越过山丘，我们慢慢前进，刚进入骷髅湾一带，我的视线里便突然蹿出一个小白点，它向我飞快地靠近，不到一分钟就来到了我身边。原来是小暴君，它一边摇着尾巴，一边发出吼叫声。我没办法送走它，即使我下了命令，它也不会听我的。小暴君的伤口看起来不太妙，于是我用马鞭把它拉上马来。

“待在这里，”我想着，“哪儿也不许去，直到安全回家。”我就是这样想的，可惜，小暴君不这么想。希尔顿突然喊道：“过来，过来。”准是又发现灰狼了。丹德和它的对手瑞雷都跑了过去，结果撞在了一起，同时摔倒在草丛里。小暴君认真地凝望着不远处的灰点。趁我不备，跳下马鞍，沿着“Z”字形奔跑，起起伏伏，时隐时现，冲向敌人。队伍迅速跟进，灵缇犬也发现了猎物，带领着猎犬们狂奔。那只狼就在不到几百米外的地方，猎犬们斗志昂扬，胜利近在眼前。

“它们肯定会去格瑞兹尼溪谷，”格温大声喊着，“从这边走，我们能截住它们。”于是我们绕到山丘的北边，而此时猎犬们追着灰狼向南边跑去。

我们疾驰而去，想顺着山脊往下走。希尔顿喊道：“看啊！它居然在这儿！就在我们前方！”说完跳下马，扔下缰绳，就向前跑去。我也下马追过去。一只硕大的灰狼正穿过一片空地，向我们走来。它把头压得很低，尾巴向上翘着。丹德与它相距四五十米，速度飞快，像一只掠过田野的老鹰，距离越来越近，突然扑了上去。灰狼转过身来，跟它对抗，胆小的丹德退却了。它们此刻就在距离我们不到十五米的地方，格温拿出左轮手枪，正想射击时，希尔顿阻止了他：“等会儿，再等会儿，我们再看看。”很快，其他猎犬都追了过来，每一只都斗志满满，凶猛地吼叫着，把灰狼包围起来，但却保持着安全的距离。又过了一分钟，俄国牧羊犬也赶到了，这些牧羊犬身强力壮，本该直接扑过去，但是一看到灰狼无所畏惧的样子，就退了回来。灰狼巨大的体形以及凶狠的大嘴，把这些猎犬吓得不敢再扑上去，只能在外围形成一个包围圈。

之后几只大丹犬也赶到了，它们体形修长，每只都像狼一样壮实。它们喘着粗气，迫不及待地向前猛扑，想把敌人撕碎。灰狼神情自若，目光坚定，准备决一死战。于是，大丹犬也退缩了，像其他的猎犬一样，站在一边，没有发动攻势。也许，它们是要缓一缓，通过不停地吼叫来鼓舞士气。

正当十只猎犬围着一只沉默而走投无路的灰狼时，另一边的草丛里传来沙沙的响声，一个小白球蹿了出来。它不停地跳跃，变成了一只斗牛犬。小暴君终于赶到了现场，它是队伍里最后一个赶到

的。它急促地呼吸着，直接奔向包围圈和那只硕大的灰狼。

小暴君敢扑向灰狼吗？当然，它没有一丝的犹豫，穿过包围圈，直接扑向灰狼的喉咙。灰狼露出尖利的牙齿来迎接小暴君，小暴君一次又一次地冲上去，之后我就不知道发生什么了，因为其他的猎犬也都扑了上去，局面乱成一团，我好像看到那只白色的小狗咬住了灰狼的鼻子。事情发展成这样，我们只能袖手旁观，在英勇的小暴君的带领下，猎犬们也不需要任何帮助了。很快混战结束了，灰狼躺在地上，它算是狼群里的一员猛将了。小暴君死死地咬住它的鼻子，没有松开。

我们相距不到十五米，一直在寻找机会帮忙，到后来，也没有帮忙的必要了。

灰狼死了，我大声地叫唤着小暴君的名字，它一动不动。我抱起它的身体，呼唤着它：“小暴君，小暴君，都结束了，你干掉了那只灰狼。”它仍然没有动弹。这个时候，我看到它身上增添了两道深深的伤口。我想把它抱走，轻轻地告诉它：“松开吧，灰狼已经死了。”它虚弱地叫了两声，终于松开了嘴。牛仔们都围了上来，跪在一旁，老潘鲁夫哽咽地说道：“真不应该让它被狼咬伤。”我抱着它，叫着它的名字，摸着它的头，它轻声叫唤起来，就像是在告别，然后舔了舔我的手心，之后就再也没有了声息。

这是一个令人悲伤的胜利。虽然我们得到了一张巨大的狼皮，但失去了胜利的喜悦。我们把勇敢无畏的小暴君安葬在牧场后面的山上。我听到潘鲁夫兄弟喃喃地说：“上天啊！这真是一只伟大的小狗，没有它就没有我们的牧场。”

小暴君大事记

小读者们，拿起笔来，记录一下这位主角所经历的大事吧！

04

小屁狗杰克成长记

扫描二维码
听导读

大战尖嘴鼠

严格地说，杰克并不能算是一只标准的“好狗”，好狗应该有的特点它都没有。例如，杰克很胆小，性格懦弱，别的狗一咬它就吓得赶紧躲开了，根本没想着去反抗。而且，它的力气也小，跑起来还很慢。与调皮爱闹事儿的狗相比较，杰克显得笨一些。这种笨并不是说它光坐着不爱动，恰恰相反，杰克挺淘气的，一刻也待不住，只是它干起事情来爱钻牛角尖儿，这使它显得不太聪明。现在，杰克长大了好多，它可以四处走动。因为熟悉的缘故，它不像以前那样胆小。

杰克的主人是贝尔·奥伯雷先生，他是一个上了年纪的老头，腿脚不便。杰克对主人倒是十分忠诚。贝尔先生年轻时住在加尼特山峰的小丘陵地带，后来搬到了加尼特山上，那里离他工作的黄石公园山顶不太远。从我们营地到贝尔先生的住地有些距离，当然我们也很少去他那里。因为很少有人拜访，所以贝尔先生的住地很安静，甚至显得荒凉。或许正是因为这个原因，贝尔先生才要杰克和他一起住吧。总之，自从有了杰克的陪伴，贝尔先生一点儿也不寂寞了。

杰克非常活泼好动，它很不乐意静静地老待在

黄石公园

由美国国家公园管理局负责管理。1872年3月1日它被正式命名为保护野生动物和自然资源的国家公园，于1978年被列入世界自然遗产名录。黄石国家公园被美国人自豪地称为“地球上最独一无二的神奇乐园”。

同一个地方，哪怕是几分钟它都不愿意。每当听到主人说：“我的杰克，你就不能好好地待在这里吗？”这可是它最不开心的时候，多无聊啊，还不如给它找些事儿做呢，哪怕辛苦一些它也心甘情愿。

杰克还是一只积极上进的狗，它很想让自己做的每一件事都有特别的意义，但总是事与愿违，它做的都是一些小事，根本不值得一提。也许它天生就比较愚蠢，很多次主人给它安排任务，就算它已经竭尽全力，也不会有太好的结果，反而还会把事情搞得更糟，真可谓是一只添乱的狗。

有时候杰克会用整整一上午的时间，想要爬上那棵高大的松树，目的就是为了报复树上那只故意挑逗它的松鼠。它甚至不惜花上一个多月的时间，投入尖嘴鼠的抓捕行动，那些尖嘴鼠在住所跑来跑去的，十分讨厌。况且那些家伙非常奸诈狡猾，会做出一种假象，那就是把前腿缩回身体里，而后腿蹬得直直地站着，乍一看，大部分人都以为就是一根套马桩。而每当晚上人们真的要把马绳套上去的时候，十有八九就被装死的尖嘴鼠骗过眼了，误以为就是套马桩。每每这个时候，就会传来尖嘴鼠嘲

小屁狗杰克小档案

小读者们，快拿起笔来制作这份小档案吧！可以从原文摘录相关文字或者用自己的话来写。

外貌特点：

性格特点：

讽般的吱吱声，并飞奔而逃，人们对它恨得要死。

自从和主人搬到加尼特山区居住之日起，杰克就暗暗地发誓，一定要抓到一只尖嘴鼠让自己好好过把瘾。然而，可能是它的抓捕方法不够高明，甚至还有点儿愚笨，所以基本也没有捞到什么战果，尖嘴鼠没有抓到，有时候反而把自己搞得狼狈不堪。

每次在离尖嘴鼠还有四百米远的地方，杰克就开始做准备工作了，它小心谨慎地匍匐前进。然而一直保持这样的姿势非常累，会消耗掉大量的体力。大多数情况下，刚刚爬行了不到一百米，杰克就已经把自己搞得有气无力了。然后它就想这样不行，得换个方法，于是它干脆直接站了起来，神气十足地朝着目标走去。可尖嘴鼠对此是一览无余，杰克没发觉，还大摇大摆地继续前行。

杰克这样雄赳赳行进了两分钟后，它的士气更高涨了，至于抓捕猎物的注意事项，早被它抛到脑后，甚至有些得意忘形了，到最后竟然开始跑起来，还大叫一声直接扑向了尖嘴鼠。眼看就要成功了。可尖嘴鼠非常狡猾，它先是原地站着不动，就如同木桩似的。紧接着杰克就听到了吱吱的叫声，那叫声里充满了对它的嘲讽之意，还没等它反应过来，尖嘴鼠就风驰电掣般地蹿进洞里去了。等杰克到跟前时那只能是竹篮打水一场空了，它对着洞口是一阵猛叫，还用后脚爪不停地朝洞里扒土。这样的事情在杰克的身上发生了无数次，虽然是屡试屡败，可它仍然不甘心，不放弃，杰克相信终有一日会成功的！

终于有一次，一只肥嘟嘟的尖嘴鼠又成了杰克的目标物，它还是像以往一样小心翼翼地朝前爬行，前进了一小段路后，又像以前一样突然站起来就跑，大叫着扑向尖嘴鼠。那一刻它简直欣喜若狂，猎物竟然没有像以往那样溜走，它终于成功了。

可是，可是，杰克到手的猎物只是一根实实在在的木桩，天哪！

杰克遭遇了这般尴尬之事，它也感觉挺难为情的。

不过，这场风波很快就过去了，因为它是勇敢的杰克，尽管它做起事情来总是没有头绪，但它的勇敢足以抵挡一切不快和悲伤，况且任何时候都不会抱怨。无论做起什么事情来都是兴致勃勃并竭尽全力。

杰克每次碰到在路边吃草的小牛犊，或者是骑车和赶马车的人，它就显得特别兴奋，总会跟过去追着他们跑一阵子。它还很有爱心，在公园管理人员养的猫找不到家的时候，它总能在第一时间里就把迷路的猫找回来。最主要的是，对于这件事它认为自己责无旁贷，它还觉得不管是从它自己，还是公园的管理人员和猫的角度来说，这都是无比神圣而又庄严的使命。

对于主人的逗弄，杰克还蛮喜欢的，贝尔先生总是命令杰克去把他故意扔到蜂窝上面的旧帽子捡回来，对此它总是鼓足了劲儿，乐此不疲，就算一天来来回回地跑上二十多次，它也是心甘情愿接受命令的。当然了，很多时候都被蜜蜂蜇得满脸是包，疼痛难忍，但它从不放弃，也从不退缩。

经过了无数次这样的事，杰克在贝尔老先生的心里就是一只愚笨的狗。

被灰狼欺负

杰克的确太好动了！冒着会遭到鞭打、会被凶恶的狗追的危险，它还是要追赶马车；冒着被暴躁的马蹄踢伤的危险，它依然要追赶；冒着被尖利的牛角刺伤的危险，它仍然要跑着去追。而且，它还常常玩得兴冲冲。说它不够聪明还真是毫不夸张，人家小猫慢悠悠地散着步，它会冲上去追赶，原来它竟然把猫当成了奇臭无比的臭鼬。更有甚者，它有时候居然会连蝴蝶和马蜂都分辨不清，而它也经常会因此而遭到折磨。

但杰克不气馁，它明白了要把这些事情搞明白，一天两天是不行的，需要耗费很多的时间和大量的精力。功夫不负有心人，终于，杰克也慢慢地体验到了一种感觉，和人的直觉一样，那是狗的第六感觉。尽管这种感觉微小到可以忽略不计，可是，水滴石穿，终究也会有修成正果的一天。

当然，能有这种所谓的第六感，也相当不容易，是杰克在历经了无数次失败、遭受了无数次痛苦才逐渐悟出来的。其中，它付出的最惨痛的代价就是招惹上了一只灰狼，这让它吃了大亏。在这次大的教训后，杰克取得了飞速的进步，也大大改变了它的性格，它真的成了一只坚贞不屈的狗。

在营地附近我们经常会看到那只灰狼的影子，但依照黄石公园的规定，禁止铺设陷阱去追赶诱捕当地的野生动物，也不容许发生任何虐待动物的行为，更禁止开枪射杀它们。况且还专门安排了专职人员来维护该规定。因此附近的一些动物也就有点儿“狗仗人势”了，一个个肆无忌惮，尤其是那只讨厌的灰狼，气焰更为嚣张，几乎每天晚上都要偷偷摸摸地跑到我们营房四周，搜寻人们没有吃完的食物。

首先发现灰狼偷吃这事儿的人就是我。

起初，灰狼似乎也只是在离营帐较远的附近地方游荡，因为只在较远的地方发现它的脚印，说明它不敢靠营帐太近。也许灰狼在暗中观察，不久后，我们便经常听到它那高亢的叫声，再后来就在营帐周围的剩余饭渣桶跟前发现了它的脚印，之后每天早上都会发现灰狼的踪迹。

从晚上的偷偷摸摸到后来的明目张胆，这个可恶的家伙的胆子是越来越大了，光天化日之下它都敢跑过来。开始的时候它还有所顾忌，可是在发现没有什么可对它造成威胁的东西后，就越来越明目张胆了。最让人气愤的是它竟然像散步似的整天在附近游荡，偶尔还会悄无声息地溜进营帐里，任意挑选它喜欢的食物并叼走，接着来到附近的小土丘上不紧不慢地享受它的胜利果实。

有一次，在离营帐大概几十米远的土丘上，灰狼无所畏惧地坐着。于是我们当中有一个人突发恶作剧的念头，想以此捉弄忠勇的杰克，就说：“难道你没有发现吗？杰克，你看那家伙正冲着你挤眉弄眼呢，那是在嘲笑你！就冲这个你就应该过去把它赶走，快去！”杰克一向都是坚决执行命令的，它立马摆出一副勇敢的架势，冲着灰狼飞奔而去，似乎在向人们说：“你们就瞧我的吧！”

看到杰克一副十分威武的样子冲过来，灰狼刚开始还连连后退，然而狼毕竟是狼，本属于凶猛之物。在它后退了四百米之后，突然掉头袭向杰克。可怜的杰克这时才反应过来。那家伙开始反击了，露出了狰狞的面孔，杰克一见拔腿就向营帐这边猛跑。然而，它怎么可能跑得过灰狼呢！很快就被灰狼追上了。于是，灰狼就把杰克当成一个玩物，连玩带咬。

当然，杰克也不可能束手就擒，它勇敢地反抗着，胡扑乱咬，一边叫着，一边伺机撤退。终于它成功逃脱，到营帐后直接就瘫到地上了，上气不接下气。我们竟然都在嘲笑它，丝毫也没有因为杰克是为了执行任务才遭受痛苦而生出一丁点儿的怜悯之心，更不用说感到内疚了。

类似这样的“灰狼事件”还发生过一次，尽管不如上次那般糟糕，但也足以教训了杰克，之后它再也不去主动招惹那只灰狼了。但灰狼却不会就此打住，因为它知道在这个地方不会受到任何的威胁，也没有人敢用枪打它，所以每天它都悠闲地在营帐的附近转来转去。灰狼的想法是没错的，我们每个人的枪的确都被贴上了封条，再说，这里的管理员很多，他们随时随地监管着每一位游客，以防止动物遭受危险或者伤害。

杰克现在好可怜啊！可恶的灰狼总盯着它，只要逮着机会就冲上来咬它。如果杰克单独离开营帐稍远一些，那家伙立刻就奔过来追赶它，然后就戏弄它、咬它，或者就死死地追它，直到最后杰克被迫拼命跑回了贝尔老先生的营帐里，这才善罢甘休。

如此一来，杰克被灰狼接二连三地折磨，它的生活也是相当不如意，一点儿都不自由，离开营帐稍远一些的地方，甚至五十米开外它都不敢去了。

我们平时总爱骑着马出去兜风，杰克也会跟在后面，现在只要看见杰克跟着，那只骄横的灰狼就跟在后面死死地盯着它，一有机会就想戏弄它。杰克被搞得连散步都不敢去了，那可恶的灰狼十分狡猾，它追杰克的距离也把握得相当好，总之不在我们的鞭子能抽打到的范围。当然我们还可以扔石头砸它，可它见势就跑得远远的了，我们也拿它没办法。

嗜酒的主人

有一段时间，贝尔先生又搬家了，是距此大概两公里的一个上游地区，在杰克随主人搬迁的同时，那只骄横的灰狼也将自己的窝相应地往前移了两公里。若不彻底打击灰狼嚣张的气焰，那它势必就会变本加厉。如今小杰克每天的生活过得提心吊胆的，似乎总有一片阴影笼罩。主人也感到了杰克的恐慌，可他也并没有放在心上，更没有进行任何的防护措施。至于为什么搬家，听贝尔老先生的解释，说是为了让马有更好的牧草吃。不过，搬家的真正原因呢，是因为这位老先生得到了一瓶好酒，想自己独自享用，不愿意和我们分享，于是就此搬家了。

很快贝尔就把那瓶酒喝光了，没酒喝时他的酒瘾犯了，难以忍耐，就骑着马四处去找酒喝。出去之前，他给杰克留的任务就是："亲爱的杰克，我要出门一趟，你就留在营帐守好我们的家！听话啊！"然后他就急匆匆地扬鞭上马，奔向最近的酒厂。家里也就留下了孤单单的杰克，它谨记主人的吩咐，乖乖地守卫着他们的家。也正是因为杰克的恪尽职守，贝尔老先生才会放心地把它留下来看家，尽管它并不聪明，但它忠实，这就足够了。

那天黄昏时分，有一位来自山上的客人来找贝尔老先生，还没到营帐跟前，他就开始喊："嗨！贝尔，你在吗？你在哪里呀？快出来！"叫了半天也没有人应答，于是他就慢慢地来到了大门口。

这时他突然看到了一只气势汹汹的小狗，身上的毛都竖起来了，不断地狂叫着，好像是在警告他："不要靠近，快走开！"

看到这只小狗还蛮厉害的，看样子贝尔也不在家，于是他就回山上去了。

那个人走后，杰克发觉自己的肚子已经饿得咕咕叫了，它知道屋里有一个袋子，里面装着咸肉，但它更清楚这个是不能吃的，因为之前主人就告诉它，要好好地看着这袋肉。从主人说完的那一刻起，它就已经暗暗地发誓，绝对不去碰那块肉，就算饿死也绝不去干违背誓言的事情。

可是它饿呀！不能就这样饿着，要想办法！最后，它给自己壮了壮胆，向河边悄悄地跑去，那里或许能找到一些小动物，总之可以充饥就行了。可杰克就是那么倒霉，又遭到了灰狼的袭击，灰狼恶狠狠地扑向了杰克，又开始了那并不陌生的追逐战。经过抗争，它终于逃脱灰狼的魔爪，失魂落魄地回到了营帐。

不过回到营帐后，杰克就快速地平静下来了。因为它的脑子里浮现出了主人交代给自己的使命，这让它顿时来了精神，浑身上下都充满了勇气。这种情形就如同软弱的母鸡看到孩子受到威胁或者处于危险时，瞬间就勇气倍增，那气势绝不亚于威猛的狮子。

虽说杰克只是一只愚笨的小狗，可那种忠贞不屈的使命感已经深深地扎根在它的内心深处了。杰克正想着的时候，灰狼突然闯进了营帐，杰克此刻已经变得无比勇敢，它没有丝毫的恐惧之意，毫不犹豫地朝灰狼扑了过去。

其实，不管是人类还是动物，都会明辨是非。占理的一方始终都会充满勇气，而不占理的一方表面上气势汹汹，心里总是会有一些畏缩的。

杰克是占理的，因此瘦弱的它看起来威猛至极。那灰狼当然也不示弱，吼叫着，一副要把杰克踩在脚下的架势。不过这也只是灰狼的表面气势，它被杰克那坚毅的眼神震惊了，其实它已经退出营帐，不敢再靠近了。狼终究是狼，不会因为一只狗而失了威风，于是它又装腔作势地大吼了几声，夹着尾巴溜掉了。

但灰狼很快又杀回来了，它们之间的战斗真正开场了。灰狼在营帐外面不断地用爪子在地上抠来抠去，随时都想闯进营帐里去。

其实杰克心里还是很恐惧的，毕竟狗和狼之间力量悬殊，但它一想到肩负的伟大使命，顿时又充满了勇气。

不过，可怜的杰克已经饿了整整一天，只喝了一点儿水，饥肠辘辘。它完全可以把家里的咸肉吃掉，但它不容许自己这样做，因为它是一只忠实的狗。

杰克也完全可以离开家跑到我们的营帐里来，肯定会吃到好吃的东西，而不至于把自己搞得那么狼狈。但是杰克不会这样做，它也绝不容许自己这样做，它明白主人喜欢它，不就是因为它的忠诚吗？那么它不能让主人对它失望。不管在什么时候，不论发生什么事，它都会牢记主人的吩咐。就如同此刻，它的主人不知道在什么地方喝得天昏地暗，而它这个忠实的小傻瓜，还在守着岗位死扛到底。

就这样四天四夜过去了，杰克就像一个大英雄一样，一边强忍着饥饿带来的痛苦一边警惕着近在咫尺的灰狼的随时攻击，它死守着自己的岗位，冒死抵挡着灰狼的袭击，捍卫着那神圣的使命。

最后的对峙

一直到了第五天的早晨，喝得不省人事的贝尔才从迷梦中醒了过来，睁开眼发现自己躺在一个陌生的地方。突然之间他想到了他的杰克还被留在家里，它不会出现什么状况吧？想到此他立即起身，虽然此刻走路还有些摇晃，但他还是马不停蹄地往回赶。

当贝尔行到半路，他想起了临走之前并没有给杰克留任何食物，同时他也想到了家里的那袋咸肉，“杰克这小家伙，不会饿得把那袋肉全解决掉了吧？得赶紧回去看看！”贝尔边想边快马加鞭地往回奔。

终于到了一个山顶，这里可以看到他的营帐，他看到，营帐还是他的营帐，杰克还是他的杰克，可是多了一位不速之客——灰狼。而且，这实力悬殊的双方正在紧张地对峙着，两个都是怒目圆睁，狠狠地咬着牙，谁都没有退缩之意。

这一幕让贝尔傻眼了，半晌他才反应过来：“哎哟，我真是个大傻瓜呀！怎么就把这可恶的灰狼给忽略了呢？还让杰克独自待在家里，我真是粗心大意啊。不过这可真是不可思议，杰克饿了这么久，灰狼竟然都没有把它咬死，我的营帐也完好如初，这到底怎么回事啊？”

此时的杰克依然在拼死地坚守着，不过它这副英勇顽强的气势其实都是硬装出来的，因为恐惧，或许更多的是因为饥饿，它的身体已经开始摇晃了。见此场景，贝尔先生可是见多识广，他立即就明白其中的一切，于是，他飞奔到营帐里，果不其然，屋里的那袋咸肉完好无损。

也就是说，自从主人离开后，整整四天，瘦小的杰克没有吃一口食物，就只喝了几口水而已。而且因为极度的疲劳和恐惧，它的身体颤抖得越来越厉害了。然而它一直坚持着，顽强地扑向它的主人，无力地摇了摇尾巴，抬起了它那不肯低下的头，瞧瞧主人的面孔，又轻轻地舔舔主人的手，好像是在向主人说："我的主人，您吩咐给我的任务圆满地完成了！"

眼前的这一切让贝尔感动得热泪盈眶，泪光中，他急忙给杰克找东西吃，接着开始好好地打量着眼前的小英雄，说道："我可怜的小家伙，经受了这么多痛苦，竟然还无怨无悔守卫着这一切，宁可让自己饿死也不动我的肉。以前我对你不够好，从今往后，我一定不会再把你独自留在家里，你的忠诚同样会换来我对你的关心和保护！你这次立了大功，应该受到大大的奖励，我该做些什么呢？你又不能和我一起喝酒，你也不明白什么玩乐。哦，我知道了，我最该为你做的一件事就是，彻底为你驱散心头的阴影，那就是我要立刻消灭那只该死的灰狼！放心吧，去他的什么园规，我才不怕它，我说到做到！"

贝尔先生说完就取出了那把枪，这是他最心爱的枪，上面贴着封条，他毫不犹豫地撕掉了封条，上面的红带子也拽断了。他端起枪就冲了出去，而那只灰狼此刻在离营帐稍远一点儿的地方，露出了狰狞的面孔，盯着他，似乎也在挑衅。

枪声响起来，灰狼倒下了！一直笼罩在杰克头上的阴影终于消失了，所有的恐惧与痛苦也因此消失了。

听到突然响起的枪声，紧接着公园的管理员就赶过来了，看到了死去的灰狼。于是以违反园规为由没收了贝尔心爱的枪，贝尔也因此被驱逐出了公园，还受到警告："永远不得再回到这里，不然我们就会向上面告发你，那就坐牢吧！"

但贝尔似乎并不后悔他所做的这件事，离开之前，他还一直在自言自语："我受到什么样的惩罚都无所谓，我要善待自己忠实的小伙伴，就如同我的小伙伴竭力保卫我一样，无怨无悔！"

小屁狗杰克大事记

小读者们，拿起笔来，记录一下这位主角所经历的大事吧！

05

小狗比利

扫描二维码
听导读

小傻瓜

我有一个猎人朋友，他叫杨西。记得有次应邀去他家做客，发现他有一只活泼可爱的小狗，名字叫比利。比利有点儿傻乎乎的，有时闯祸了也不知道撤退，还一副无所谓的样子。

主人家里的鸡总是被比利追得叽叽喳喳地到处乱叫乱跑，应该是比利犯糊涂了，错把这些鸡当成了树林里的野鸡。可笑的是，它不仅把鸡赶到了水里，连它自己竟然也掉进水里了，搞得自己狼狈不堪，满腿都是泥水。就这样还若无其事地来到主人面前邀功，惹得主人十分生气，训斥它道："真是个傻子比利，还不赶紧给我滚出去！真是傻！"比利便像什么事都没有发生一样出去了，然后又立即转向了马圈，朝着里面高大的马儿胡乱地大声吼叫，结果可怜兮兮地被马儿踢得老远，还哧哧地转了好几个圈。这下按理说它应该老实一些了，但是没有，很快它起身又跑到了牛跟前，那同样是吃不到好果子的，它被牛角顶了起来，又被狠狠地扔到了地上，疼得比利咧着嘴直叫唤。

比利总是干些令人匪夷所思的事情，简直傻得可爱，因此大家给它取了个绰号叫"小傻瓜比利"。不过比利才不在乎这些呢，它该干啥还照样干啥。比利就是一个天生的乐观派，就算遭受了痛苦和失败，那又怎么样呢？它都是无所谓，瞬间就抛到脑后，然后又可以开始它无忧无虑的生活了。

如此看来，比利很少有不开心的时候。

在一个很冷的冬日，我到处都找不着我的手套，找来找去，却发现比利的嘴里叼着的正是我的手套。顿时我的气不打一处来，要知道这可是我最心爱的一双手套，我怒气冲冲，比利却一脸无辜地围着我打转儿，还开心得不得了，好像在说："呀！这手套就是暖和！"瞬间我的气就消了一大半，还怎么舍得再去责骂它呢！

其实这些事也都算是小事吧，没什么关系。然而有一次比利真的是倒大霉了，闯了大祸，还差点儿因此丢掉性命。

事情的经过特别简单，比利的主人家的院子里有一个仓房，这是专门用来制作腊肉的地方，因此放了很多腊肉在这个房子里。而房顶上有一个烟囱，上面盖着一块布，应该是为了防止别的东西掉进烟囱。稍有一点儿风，那块布就随风摆来摆去的，刚好就被比利看到并激发了它的兴趣，它悄悄地爬上了房顶，把那块

小狗比利小档案

小读者们，快拿起笔来制作这份小档案吧！可以从原文摘录相关文字或者用自己的话来写。

外貌特点：

性格特点：

布胡乱地摆弄着玩，没想到比利一使劲儿把那块布给扯掉了。不凑巧的是扯掉的这块布上刚好有火星，加之被比利抖来抖去，借着风势，布就燃起来了，而且火势越来越大，也没有人及时发现，结果整个仓房都被烧着了，最终化为一堆灰烬，当然腊肉也未能幸免。

这可不是小事，比利的主人当时火冒三丈，气冲冲地掏出了枪，要当场打死比利。他认为如果不忍痛让比利彻底消失，指不定以后还要惹出什么祸端呢！然而等他气势汹汹地找到比利时，发现女儿安正紧紧地抱着它，它好像也知道闯了祸，躲在安的怀里都不敢看主人。安苦苦地跟爸爸求情："爸爸，比利是我的小狗，任何人都不能伤害它，也包括你！"

看着女儿那楚楚可怜的眼神，杨西又能怎么样呢？看在女儿的面子上，那就只好放比利一马了，这才保住了比利的小命，算它幸运吧！

大大小小的傻事比利干了无数次，但它从来没有因此而感到不好意思，也从来没有因此影响过它的心情。尽管家里的人都十分喜欢比利，但大家还是希望比利能少干一些傻事，它自己也能少吃点儿亏。而杨西作为一名职业猎人，他更希望比利能够成为他的得力助手，日后能帮他一起去打猎。

虎头狗

猎狗有很多种类，每一种都有它们独特的功能。例如：有一种猎狗的鼻子极为敏锐，因此它们能依靠嗅觉闻到猎物的踪迹，而据此判断并确定猎物逃走的方向；有的猎狗就像飞毛腿一样，有着极快的奔跑速度，因此能快速地将奔跑中的猎物抓住；有的猎狗则无比凶猛，有着超强的撕咬能力，猎物只要到了它们的手里，那绝无生存的可能。

杨西不愧是职业的猎人，上面的这三种猎狗他家都有。其中鼻子很敏锐的那只狗叫卢凯，毫不夸张地说，有时候猎物留下的脚印已经很久了，它竟然都可以闻出来；而那只飞毛腿的狗叫比格，它跑得极快，不管什么时候，它都是第一个冲锋陷阵，是开路者，它那“汪汪汪”的叫声总能帮助主人判断猎物奔跑的方位；最后那个凶猛的家伙叫奥力德，它可是大功臣，极其威猛，丧命在它尖牙利齿下的猎物那可是多得数不清。奥力德同样也是所有猎狗的首领，它基本掌控着狩猎的进程，对于该进攻还是撤退，它可全都胸有成竹。可惜的是，奥力德现在已经年迈，跑得也没有以前那么快了，但它的智慧和英勇足以当所有猎狗的头领。

曾经还有一只虎头狗也是杨西的好伙伴，遗憾的是，有一次在猎捕灰熊的激烈交战中，不幸丧命于灰熊口中。尽管那只可恶的灰熊当场就被杨西一枪打死了，也算是给虎头狗报仇了，但虎头狗已经死了，这个事实无法挽回，为此杨西还难过了很长一段时间。最后，他厚葬了虎头狗。为了告慰死去的虎头狗，他把灰熊的骨头和虎头狗一起安葬，当是陪葬。

过了几天，杨西又弄来了一只虎头狗。虎头狗中的“战斗机”指的就是它的前辈，它继承了祖先纯正的血统，让附近的猎人们纷纷投来了羡慕的眼神，还不断地竖起大拇指。

或许是狗也经不起表扬吧，这只虎头狗傲气十足，所有的狗都和它保持一定的距离。只有这个天不怕地不怕的小傻瓜比利什么也不管，到处无拘无束地蹦来跳去的，可到了虎头狗跟前时，它直接就被踢翻在地了，疼得它嗷嗷直叫，接着就蔫蔫地回到了安的妈妈那里寻求安慰。

当然，比利也不是唯一一只领教过虎头狗霸气的狗，很多狗都怕虎头狗。可是虎头狗一直都没有和老将奥力德真正比试过。它们俩发生冲突只有过一次，而且差点儿交战了。那次，奥力德正在啃骨头，虎头狗看到了就想过去凭借它的霸道抢一点儿过来，于是就神气十足地朝奥力德走了过去。而奥力德久经沙场，才不怕它呢！见虎头狗过来了，奥力德就冲着它呜呜地低吼了两声，那声音的威力可不是一般地大，当然虎头狗也明白这个老将可不是轻易就能对付得了。“好汉不吃眼前亏”，虎头狗不服气地狠狠地瞪了奥力德一眼，随后怏怏地离开了。还好，那场恶战没有开场，不然势必两败俱伤。

主人也颇为这只厉害的虎头狗感到自豪，并四处炫耀，逢人便说这只狗有多厉害，如果打猎时带上，肯定会立下很多战功。

灰熊再次出现

> **灰熊**
>
> 被列为棕熊的亚种，是继北极熊和科迪亚克棕熊之后，体形最大的熊类。灰熊喜欢在山中的森林、苔原以及海岸沿线居住。

时间过得飞快，转眼到了冬季，此时整个森林看上去光秃秃的，远远望去，山上白茫茫的一片积雪。又到了狩猎的季节！而就在这个时候，一条惊人的消息在猎人中传播开来：那只该死的熊又出现了！

看来那只该死的熊并不是第一次出现。

附近的人们对这只熊并不陌生，而且还叫它拜尔。以前这只熊经常在农场附近出没，让人深恶痛绝的是这可恶的家伙总是偷偷地袭击牛或者别的牲畜，农场的许多牛都被它咬死了，给农场造成了巨大的损失。牧民们对这只熊简直是恨之入骨，但也拿它没办法，因为想要逮住它真是太难了。于是大家就想出了一个无奈之举：悬赏重金招募捕杀拜尔的勇士！

拜尔身强体壮，没事就在农场附近转来转去，而且非常狡猾，想方设法地偷袭牛和别的牲畜。对于所有的职业猎人来说，弄死拜尔是他们每一个人的心愿，为什么呢？因为能逮住拜尔的话，不光可以得到巨额的赏金，还可以一举成为为民除害的大英雄。但要实现这个想法可相当不容易。这笔赏金还在继续涨，和捕杀其他熊的奖金相比，它涨了好几倍，尽管这笔赏金很诱人，可一直都没有揭榜的人。

正在杨西四处炫耀他的虎头狗的时候，有关拜尔的消息传到了他的耳朵里，他不禁摩拳擦掌，看来他心爱的虎头狗将要派上用场了。而且，他对自己的爱犬很有信心。于是，他就开始着手准备这件事，一切就绪后，一支捕猎队伍便雄赳赳地出发了。

和军人打仗一样，猎狗的队伍也是需要精心安排的。它们的队列是按照由强到弱的顺序排列的，站成一列，紧随马后的当属冲锋陷阵的“头号人物”——虎头狗，老将奥力德紧跟着虎头狗，它的威猛还是不可小视的，奥力德的后面是嗅觉敏锐的卢凯，尖牙利齿的比格则紧随卢凯身后。卢凯和比格在每次狩猎时都没有分开过，总是形影不离，我一直在想，也许它们两个是恋人吧。还有一匹驮着铁框子的马跟在这对“恋人”的后面。厨师和我也跟在马的后面。

正当这支排列有序的队伍整装待发之时，后面传来了一阵熟悉的叫声，毫无疑问，一定是那个小傻瓜比利也混进了狩猎的队伍，真是不识时务的小家伙！

看到比利跟上来了，主人杨西生气地向它大吼道：“比利，你跑来凑什么热闹？这不是添乱吗？胡闹！回去，听到没？快回去！”比利搞不明白主人为何要如此呵斥自己，不禁有些怏怏的。可还没过一分钟，它就把这不开心的事忘记了，又开始没心没肺、嘻嘻哈哈地和大伙打闹着。估计它打着自己的小算盘：“我就是这样厚着脸皮跟着他们，主人难道非得把我赶走吗？应该不会吧……”它就这样跟在大伙的后面，跌跌撞撞地向前行进着。这小傻瓜还真是耐不住寂寞，一会儿就跑到了主人跟前，也就是队伍的最前面，好像要给整支队伍领路似的，它那样子一点儿也不害怕会再次遭到主人的呵斥。比利还是那么调皮，当路边偶尔跑过野兔或者松鼠时，它总会拔腿跑去狂追一阵，不仅如此还装腔作势地胡乱“汪汪”叫着，好像在提醒大家它找着猎物了。主人杨西看这活泼可爱的小家伙玩得十分开心，也就不再忍心继续赶它回去了，再说它应该也不会耽搁大家的事情。于是，这声势浩大的队伍信心满满地开往了农场。

终于到了农场，首先映入大家眼帘的竟然是一头牛的尸体，不用说肯定就是被该死的拜尔咬死的，不知为何还没有把它吃掉，或许拜尔是想炫耀下自己的战果吧！到时候几头牛同时享用起来那感觉该多爽，真是可恶！我们更是下定决心，一定要抓住那害人不浅的家伙，于是我们下了马开[illegible]备，猎人杨西从马背上卸下了铁套子，埋进了土里，就[illegible]自投罗网，直接抓住它。

我们继续朝前走，[illegible]牛横死在路上，尸体僵硬，看来死了好几天了，也属[illegible]咬死而没有享用的战利品，想必它还要回来吧，不过它[illegible]再回来呢？一天还是两天？一周还是两周？那就无法说[illegible]但一定要在这里做好伏击准备，于是杨西在这头牛的尸[illegible]设置了圈套，就等着拜尔来自投罗网。

一切就[illegible]场主把我们安排在附近的一处小房子里，对于我们的到[illegible]是欢迎，还用丰盛的饭菜来招待我们。牧场主看来是[illegible]看到了希望，因为我们这队伍也算是精兵强将，猎[illegible]的好狗。

[illegible]比利到了哪里都不消停，刚来到这里就闯了祸。牧场有一[illegible]大缸，里面装着牛奶，比利就趴在缸边好奇地朝里面看，不凑巧

的是，比利脚下一打滑，一下子掉进牛奶缸里。大家赶紧上前把它捞了出来，可怜的小家伙差点儿被淹死在牛奶缸里，出来后全身都沾满了牛奶，滴滴答答地不停地往下流。还有虎头狗也不闲着，牧场主家里的牧羊犬也没惹它，可它就是看人家不顺眼，横冲直撞上去便把那牧羊犬咬翻在地。

光这两只狗就开了一个不平凡的头，给人留下了深刻的印象。

不过后来的事实也印证了，它们在后面抓捕拜尔的行动中也必然会有非凡之举。

决战灰熊

我们在死牛的周围布好埋伏，因为谁也不清楚拜尔什么时候会返回来，所以需要不时地进行巡查。果不其然，在我们巡查到第三次时发现了新情况：第一头死牛附近的圈套倒是没有什么变化，可是第二头死牛周围的地面似乎被翻动过，连附近埋下的圈套都不翼而飞，还依稀可辨认出熊的足迹。

还是杨西反应最快，立即喊了起来：“你们快过来，快瞧瞧，圈套已经把灰熊给网住了！”

大伙都跑过来瞧，的确是套住了熊，由于杨西布的圈套上还带着铁链子和小节木段等，因此他断定，尽管熊逃脱了，但圈套上的那些小东西很有可能会挂在路边的树枝上，所以这只带着圈套的熊跑不了太远。这时候该猎狗们上场了，它们纷纷上前用鼻子仔细地闻了闻地上的足迹，一个个大叫着冲出去了。

留的脚印大概都有四十厘米，单从这超大的脚印来判断，被套住的一定就是拜尔了。猎狗们冲锋在前，杨西也比较兴奋，他骑着马跟在后面，不断地向他的得力猛将们发出指令：“快，你们快追上去，一定不能让那家伙溜掉！”

如此激烈的场面岂能少得了小傻瓜比利？它可是乐坏了，边跑边叫，好像抓灰熊也离不开它似的。

它们都跑得很快，我和其他人只能远远地跟在后面，一转眼就看不见它们了，我们朝着远处传来叫声的方向飞奔而去，当然也不想错过这场激战。

一会儿我们听到叫声变得越来越激昂了，看样子应该是拜尔出现了，要不然猎狗们也不会发出那么急切的叫声。见此我们也立即下了马并快速地将它拴好，接着就从身上掏出手枪，快步跑向狗叫的方向。那凶猛的拜尔到底如何被套住的？对此大家都怀有好奇。我也开始猜测那圈套到底套住了灰熊的什么部位。最好是套住了那家伙的整条腿，这样很容易就能弄死它。可是如果仅仅套住它脚前面一小部分比如脚趾的话，那就不太好办了。因为很难让这种大家伙束手就擒，我们就会陷入危险中，搞不好灰熊急了一下子抓住其中某个人，那可就完了，小命都要丢在这儿了！就在我胆战心惊的时候，一个同行的猎人警告我："别走神啊！小心你的脚下！这附近有很多的枯树，一不小心就会踏空的！"听到这话我什么也不敢想了，聚精会神地瞧着脚底下横倒在地的树木，轻手轻脚地跨了过去，小心翼翼地边摸索边前进。

就在这时，我们突然发现前方有一大片灌木丛在猛烈地晃动着，紧接着一个庞然大物从里面跳了出来，就是那个拜尔了。还好，那家伙还没发现我们的藏身之处。它正在和那些猎狗们激烈地搏斗着，尽管它的脚上拖着沉重的圈套，脚被夹着也不怎么影响它攻击对手，它狂挥着前腿恶狠狠地扑向猎狗们，那几只猎狗可是相当灵活，看见拜尔这猛烈攻势，一个个都逃窜了。

一直暗中观察的杨西见状，立刻提醒大伙："大家都待着别动，千万不能暴露了，被那大家伙发现可不得了啊，它的速度和力量是我们的好几倍，一旦目标转向我们，那就死定了！"

灰熊脚上的圈套阻碍了它的行动，没过多久，圈套上的链条就缠在了周围的树枝上，这下拜尔没有那么自由了，它施展威风的范围受到了严重限制，只能是链条能及的小范围，此时它也只能是守而无法进攻了。这下就彰显了猎狗们的气势，它们一窝蜂地围攻过去，开始了一场激战。此时也显现出了各条猎狗的强弱。威猛的猎狗任何时候都是勇往直前、毫不退缩，它会直接扑向对手，一决高低；而怯懦的猎狗根本就不敢往前扑，它只会虚张声势地在一旁胡乱叫着。

老将奥力德现在成总指挥了，只见它狂吼着，似乎在动员猎狗们冲锋陷阵，当然，它这个立功无数的老将也不会退缩，但它毕竟作战经验丰富，脑子又十分灵活，它还是会给自己留条退路的。假如那灰熊向它发起进攻，它就会快速而及时地避开，而不会盲目地横冲直撞。它不愧为久经沙场的老将，不从正面出击，而是从敌人的背后进攻，这样只要敌人稍有疏忽，它就马上袭击，狠狠地咬上一口，等敌人反应过来，它早就快速撤退了，然后伺机再进行下一轮的进攻。

这次战斗的主力虎头狗还没有动呢！它很镇定，跑来跑去地观察着战斗的形势，显然，它是在找寻最佳的进攻时机，最好能一招致命，看来虎头狗还是很有头脑，它想快速高效地结束战斗，而不愿意浪费不必要的时间和力量。

而小傻瓜比利呢？到处胡乱跑动，叫个不停，好像很忙碌。这小家伙还真是胆大包天，一不留神它竟然跑到了拜尔的身边，而且出现了几次这样的情况，但侥幸的是，每次它都能安然无恙地“虎口脱险”。比利还真是名副其实的“小傻瓜”，它简直傻得离谱。

在大灰熊的周围，它不断地骚扰着，弄了满嘴的熊毛，这便是小比利的收获，它也以此为荣，自我感觉尤为良好。它看起来极为兴奋，“汪汪汪”地乱叫着，随时都想接近那个大家伙，而其他猎狗也纷纷在大灰熊的周围绕来绕去，跃跃欲试，都在寻找时机。

这时候老将奥力德也在来回地转圈，虎头狗好像很配合地跟在后面。它们俩的样子让主人杨西很是高兴，他觉得它们两个肯定是在联合作战，默契配合，时机一到，奥力德冲上去咬住灰熊，虎头狗便会冲上去配合奥力德，将敌人一举拿下。看来这只虎头狗还真是厉害，希望就在眼前，杨西禁不住再次得意起来。

因为我们离得比较远，看不清楚前面激战的情形，所以我就准备再往前挪上几步，以便更好地观战，杨西觉得这样挺危险的，于是喊道：“不能往前了，赶快回来，别乱动！”

没想到大灰熊听到了杨西的喊声，它的反应极为迅速，瞬间摆脱了围着它的那些猎狗，直冲着喊声的方向奔过来。而杨西此刻正藏在一棵横倒的枯树后面，在这危急时刻，职业猎人杨西的反应也是相当快，立马掏出了手枪瞄准了大灰熊的脑袋，然而事情往往不凑巧，就在杨西准备扣动扳机的那一瞬间，他脚下的枯木突然断裂了，那本来就是一根朽木，加上被雨水浸泡了很长时间，已经被浸透了，一点点的分量也足以将它压垮，更何况一个成人呢！

杨西直接就倒下了，他的腿被卡在那根朽木里，动都动不了。

谁才是英雄

危急时分，其他猎人都纷纷举起枪瞄准了大灰熊，但因为拜尔和杨西的距离比较近，他们也不敢贸然开枪，怕一不小心误伤了杨西。这样的情形更是助长了大灰熊的嚣张气焰，它看到杨西倒下了，便咄咄逼人地奔向了那危难之中的人儿。主人有危险，猎狗们当然不会坐视不管，它们快速地从后面扑向了拜尔，分开攻击它，有的从侧面咬向它的腰，有的则咬住它的腿，它们也很清楚，如果这个时候再不冲锋陷阵，主人必定命丧熊口。不过，尽管猎狗们都冲了上去进攻，但由于是从大灰熊的后面攻击，所以并不能对大熊造成什么威胁，它依然大摇大摆地前进着，顺便把从后面扑来的猎狗们很轻易地就甩掉了，就像抖落身上的落叶一样轻松。

拜尔的目标始终没有改变，就是不能自保的杨西，哪怕它的脚还被链条束缚着，哪怕还有猎狗们的撕咬和攻击，也阻挡不了它前进的步伐，所有阻碍它前进的小树和枝条都被它那强大的力量一扫而倒，目标就在眼前了，拜尔离胜利近在咫尺。

这个危在旦夕的时刻，想要解救杨西，唯一的方法就是从正面攻击拜尔，而且进攻的动作还要猛，径直咬断拜尔的脖子，但谁都知道这个方法极其危险。假如猎狗从前面冲上去并咬住了拜尔的脖子，那么接下来自己的命运也就交给拜尔了，迎接它们的将会是拜尔那尖利至极的爪子，那将它们撕个粉碎也是可能的。这点不仅每个人明白，而且每只猎狗也都十分清楚。

尽管进攻拜尔的后果很严重，但丝毫也阻止不了老将奥力德般切的救主之心。在这危急时刻，它将自己的生死置之度外，奋力冲向了拜尔，但还没等它接近拜尔的脖子，就被拜尔那有力的熊掌抡出去了老远，年迈的奥力德重重地摔倒在地。尽管它被拜尔击倒了，但老将依然勇往直前，很快爬了起来并再次攻向拜尔。

就在救主人的紧急时刻，虎头狗却做出了一件让大家都无法预料的事情，它不配合老将奥力德一起对付拜尔也就罢了，竟然丧心病狂地扑向了已经受伤的队友奥力德。难道它早就对老将奥力德心怀不满，此刻想“乘人之危”借机报仇，还是说它想借此树立自己在猎狗中的头领地位呢，抑或还有别的什么目的？那就没有人说得明白了。

不过不管怎么说，在主人生死攸关的时刻，大家应该齐心协力去救主人才是，可虎头狗偏偏选在这个关头解决个人恩怨，这个举动简直让大伙大跌眼镜，但谁能想到呢？

没有了老将奥力德的牵制，拜尔又开始向杨西发起了攻击。就在大家的心都提到了嗓子眼时，只见一个白色的毛团极速飞向了拜尔的头顶，瞬间灰熊的眼眶被那白色的毛团死死地咬住了。这又是一个意外，连大灰熊也惊呆了，根本没料到自己竟然会遭此突然袭击，此时它那庞大的身体竟然有些摇摇晃晃，尤其是脑袋。

我们终于看清楚了，那个白色毛团居然就是所有人眼里的“小傻瓜比利”。

可怜的小比利被拜尔牢牢地抓住了，那大灰熊使劲儿地想把咬住自己眼眶的小狗给揪下来，然而这勇敢的小狗死死地咬住它的眼睛毫不松口，在它的拼命拉拽下，竟然生生地把自己连皮带肉和那小狗一起撕扯了下来，并扔到了很远的地方。见此状况，大家纷纷举枪朝拜尔开枪，重创之下，那作恶多端的拜尔终于倒下了。

至此，一场恶战总算是以胜利告终，其他猎狗都撤退了，而那让人摸不着头脑的虎头狗却突然又冲向了大灰熊的尸体，死死地咬住了那个大家伙的脖子。

这时，不断流着鲜血的比利一跳一跳地走向它的主人，还不停地朝主人摇着尾巴。

杨西直接把这小家伙抱在怀里，心疼地抚摸着它的头，不断地喃喃自语："我的比利，真没想到我的命是你救回来的，真的是你啊！我的宝贝！"

然后杨西转身怒气冲冲地盯着虎头狗，呵斥道："真是看错你了，浑蛋家伙，过来接受惩罚吧！"说完，他很平静地抽出了自己腰间的皮带，把它穿在虎头狗的颈圈上，虎头狗被主人拉到了一边。

我明白接下来会发生什么，就把脸转过去了，紧接着就听到一声枪响，虎头狗被主人枪决了，它算是自作自受吧！

然后我们就开始返回了，浑身沾着血的小英雄比利被主人亲手放在了马背上，比利虽然

小狗比利大事记

小读者们，拿起笔来，记录一下这位主角所经历的大事吧！

受伤了，但它十分开心，和主人一起往回走了。

从此以后，大家对比利彻底刮目相看，“小傻瓜比利”的绰号消失了，取而代之的是响当当的“小英雄比利”，当然，这份殊荣也是它以性命为代价换来的，当之无愧。

06

忧伤的猎狗亨克

扫描二维码
听导读

珍贵的熊火腿

当美国还是一大片原始森林的时候，也就是说很久很久以前，在肯塔基州的那片森林里，住着一位老猎人和他的猎狗，主人叫詹夫，狗叫亨克。詹夫没有其他的家人了，和他患难与共的只有他的猎狗亨克，他唯一的亲人也只有亨克，他们俩一起生活，同食共寝，一起外出打猎，可以说是时时刻刻都形影相随。

詹夫和亨克相处十分融洽，也都互相信赖。亨克是一只非常凶猛的猎狗，而且是专门猎熊的。亨克非常忠于主人，詹夫有一次在捕猎的时候差点儿丧命，幸亏亨克拼命把他从熊口下解救了出来，当然，詹夫把亨克从小照顾到大的过程中也给予了它无微不至的关怀。

肯塔基州

美国中东部的一个州，正式名称为“肯塔基联盟”。

肯塔基州森林里的野生动物种类十分繁多，像熊啦，鹿啦，各种鸟啦，还有水里的鱼，等等，总之，詹夫和亨克每次狩猎都是满载而归，他们的日子过得很舒适。可是詹夫毕竟还需要一些其他物品，比如烟丝、茶叶和火药等，而这些物品森林里是没有的，于是詹夫就用自己猎到的鹿皮和熊皮等去交易所交换所需要的物品，那里就相当于一个特殊的商店，种类也很丰富，可以进行物品之间的交换。

秋天是狩猎的最好季节，由于詹夫和亨克是猎熊的高手，因此每个狩猎季他们差不多都要收获二十头熊。然后詹夫就用熊大腿上的肉制作火腿，有时候会用一些火腿去交易所换取烟丝和火药。剩下的火腿供他一年享用。不过这个火腿的制作过程挺复杂的，颇费时间，一般情况下都要用烟持续熏上一个多月，因此，对于詹夫来说，火腿并不是时时都能吃到的，也算是打牙祭的美食，过好一阵子才享用一次。

詹夫制作火腿的水平还是很高的，在交易所里他的火腿很受欢迎，基本都能卖一个好价钱。但詹夫的家离交易所大概有三十公里远，而且熊火腿又比较重，所以拿过去并不是太容易。

那是一八四八年的一个深秋，和以往一样，詹夫又开始准备制作熊火腿了。制作火腿有很多讲究，用料也需要精心挑选，那二十来个熊大腿肉都非常适合制作火腿，他把它们挂在一个小房子里，那是专门熏肉的地方。他每天都要亲自看着，直到每一只火腿都被熏得焦黄，他的脸上才会露出满意的笑容。

猎狗亨克小档案

小读者们，快拿起笔来制作这份小档案吧！可以从原文摘录相关文字或者用自己的话来写。

外貌特点：

性格特点：

詹夫熏火腿用的小房子位于他和亨克的屋子旁边，是用一根根的圆木头垒起来的，看起来也非常坚固。房子盖得结实也能阻止肉被小偷偷走，不过来这里偷肉的并不是人类，通常是一些小型的肉食动物，也包括熊，以前它们都在这里干过偷偷摸摸的事儿。为了排走熏肉时产生的烟，詹夫在这个小房子的屋顶开了一个小孔，但为了防止那些小偷从小孔里进入房子，一般情况下这个小孔都被一个盖子盖着。

詹夫他们住的房子一般都开着窗子，他的床边铺了一张熊皮，而亨克就睡在这里，它的耳朵尤其敏锐，稍有动静，它就箭一般地飞奔而出，扑向来者，不管对方是人还是野兽。有亨克这样机警的守卫，就算詹夫一直开着窗子，也丝毫不用担心安全问题，哪怕是有小偷光顾，也会被亨克吓跑。但詹夫和亨克也不能整天都待在家里，有时也要出去，而且一出去就可能是一个礼拜。为了防止他们不在的时候小偷溜进来，所以詹夫才把熏肉的小房子建得如此坚固。

有一年快到年底的时候，有一天，詹夫突然想吃点儿火腿，于是他就来到了小房子里，让他吃惊的是有一个火腿竟然不翼而飞，挂火腿的钉子上空空如也。他还有点儿不相信，马上又仔细地数了一下火腿，确实只有十九个，真的少了一个。詹夫又察看了下周围，并没有小偷留下的任何痕迹，他不禁暗自纳闷："这就怪了，到底怎么回事呢？"然后他就把亨克叫了过来，而亨克正啃着熊骨头呢，听到主人在喊它，就不紧不慢地晃悠过来了。

主人命令它："亨克，丢了一个火腿，你快去侦查下，看有没有小偷留下来的线索，尽快地去把那小偷追回来！快去吧！”主人吩咐完，亨克便在那空钉子处及其周围闻了闻，接着就消失在房子外面了，不过没多久它就回来了，又开始啃它的熊骨头，似乎对这件事也并不怎么在意。詹夫对此事一直耿耿于怀，总感觉很奇怪：“那个火腿到底去哪里了？现在只剩下十九个了呀！我做了这么多年的熊火腿，始终都是双数，从来都没有做过单数的。”随后他又把亨克叫到跟前，说道：“亨克，我还是觉得有小偷，快去找找吧！”接着詹夫和亨克一起去外面寻找，可是找了老半天，没有得到任何有价值的线索。对于这件事亨克总是一副无所谓的样子，每次就很随意地四处闻闻，接下来它就跑到房子的后面，去玩弄扔在那里的一张破熊皮。

谁是盗贼

这件事过了几天后，詹夫带着他的猎狗进山了，他想在冬天到来之前的这段时间里，先把冬天捕猎时用的陷阱挖好，经过风一吹，这样派上用场的时候就不会留下人的气味了，那捕到猎物的成功率也就大大提高了。

进山的这天晚上，詹夫提前就做好了宿营的准备工作，点燃了篝火，他和亨克就打算睡觉。就在这时，突然从附近的森林里传来了一声怪异的吼叫声，听到声音亨克反应最快，它和主人一前一后跳了起来。詹夫凭借叫声马上就判断出这是一头美洲狮，他脱口而出："美洲狮！"

但这次吼声不同于美洲狮以往的叫声，听起来像是女人凄惨的哭声，给人一种极不舒服的酸楚感。只见亨克边叫边冲进了森林里，很快，美洲狮的哀号声和亨克的叫声听着越来越远，直至消失，也没见亨克返回，直到第二天清晨它才回到主人身边。亨克看起来很疲惫的样子，而且显得惴惴不安，詹夫察看了下它的猎狗，也并未发现有受伤之处，或许是跑累了吧，他就给自己这个伙伴分了一些烤肉吃，可亨克看起来像不想吃的样子，似乎并没有什么食欲。

美洲狮那瘆人的吼叫声一直回荡在詹夫的脑海里，而且他总感觉森林的上空弥漫着一种恐怖的气氛。他又想起了近期在流传周围山上那些印第安人总是搞破坏的消息，更有那些鬼魂和幽灵的故事，再加上美洲狮的吼声，搞得詹夫也是胡思乱想、心神不宁。于是他就和亨克回家了，离奇的是，他去看熏肉的小房子时竟然发现火腿又少了一个，这可真让詹夫大为恼火。接着他叫来了亨克，把小房子里里外外每处地方都仔细地彻查了一遍，但依然是毫无收获，根本没有任何陌生来者的蛛丝马迹。

就这样，火腿仍然在减少，这让詹夫很是苦恼。

每当夜深人静的时候，詹夫就会陷入冥思苦想中，最近发生的这一系列事情，火腿的丢失、鬼魂的传说以及美洲狮的悲鸣声，这难道存在着某种关联？他百思不得其解。而亨克呢？倒是没有什么变化，像往常一样躺在床边的熊皮上，不过总是在不断地叫着，这点不同于往日，而且，它睡着以后竟然也会出声，四肢还时不时地一阵颤抖。

看到亨克这个样子，詹夫想他的伙伴是不是那次跑出去被美洲狮咬伤了？于是他又把亨克的身体仔细地检查了一遍，仍然没有发现受伤的地方。这不禁让詹夫内心充满了恐惧之意，到底是什么情况让这只勇猛的猎狗都变得如此怯弱？他总觉得有一种无形的危险正在悄悄地来临，但又说不清楚是什么。

这种忐忑不安的感觉让詹夫一直难以入睡，他盯着床边熟睡的亨克，不由得想到了一件事。曾经有个印第安的巫师教过他一个方法，那就是可以让他跟狗做同样的梦，此刻的他很想试试这个方法。于是他伸手取下挂在鹿角上的一块红色手绢，将它轻轻地盖在亨克头上，大约过了十分钟，他把手绢拿起来平铺在了自己的头上，接着不知不觉地就睡着了。

不知道过了多久，詹夫进入了梦乡。梦里他竟然真的变成了亨克，就睡在床边铺着的熊皮上，躺了一会儿，它起来轻轻地走到主人的跟前，用它的黑鼻尖小心翼翼地碰了碰主人的脸颊，然后就静静地站着等了一会儿，主人依然睡得十分踏实。于是亨克就走出了屋子，径直朝那个诱人的地方，也就是熏肉的小房子走过去。这里的地形它当然很熟悉了，它知道附近有一个松树墩挺高的，可以借此上到屋顶，接着用鼻子很容易就推开了排烟孔上的盖子，然后将它的脖子从孔里伸了进去，有一个火腿离排烟孔比较近，没费什么力气它就将那个火腿叼了出来，接着就从屋顶跳了下来。它还知道，往前走一段路会有一个泥潭，旁边有一棵高大的杉树，它就叼着火腿来到了树下，狼吞虎咽地大吃了一顿，直到打了饱嗝，还剩下一些火腿该怎么办呢？接下来它就在杉树下面挖了个洞，将没吃完的那点儿火腿藏进了洞里。

因为一直做梦，次日清晨詹夫起得比较晚，睁开眼，他看到床边的亨克还没睡醒。隐约之中，他还记着昨晚的梦，于是就起身出了屋子，直奔熏肉的小房子而去，他简直有点儿不敢相信自己的眼睛了，挂着的火腿又不明不白地少了一个。

他转身看了看自己的屋子，此时亨克已经醒了，依然在啃那块熊骨头。然后，他不动声色地向梦中的那片泥潭走去，到了那个地方后，他惊呆了，这里竟然和梦境里的场景完全一样，那棵高大的杉树下面似乎真的有被挖过的迹象，他心存疑虑地用手轻轻地扒了扒上面的土，眼前看到的更让他震惊不已，洞里埋了好几根熊大腿上的骨头，包括昨天夜里丢掉的那个火腿的一部分也在，还连着一些肉丝。

一声哀号

詹夫被眼前看到的这一切气得怒气冲天，脸色铁青，脸上的肌肉不停地抽搐着，嘴里叨咕着："亨克这个浑蛋竟敢骗我！这家伙！看我怎么收拾你！"因为愤怒，他的声音都变得颤抖起来。他瞅了瞅他们的屋子，接着他吹了一声长长的口哨。平日里他就是以这样的方式呼叫亨克的，口哨一落音亨克立马出现了，不过这一次，他吹完口哨都过了好一会儿都没看到亨克的影子。

詹夫更加怒不可遏，直接奔了过去。其实亨克此刻并不在屋里，他看到它正惊慌失措地朝屋子外面的草丛里钻呢，估计这家伙知道自己的罪行被主人发现了，想要躲避呢！詹夫大声喊道："你这个浑蛋，你给我滚出来！"

亨克耷拉着脑袋，鼻子翕动着朝主人走过来。

詹夫盯着它，吼道："你干的好事啊！跟我来！"然后就朝那片泥潭而去，而亨克夹着尾巴怯怯地跟在后面。到了那棵杉树下，詹夫指着那洞里的骨头朝亨克呵斥道："你看看，这都是些什么？我做梦都没有想到，不翼而飞的那些火腿都是被你吃掉了，你！居然就是我们费尽心思去找的那个小偷。叛徒！你就是个叛徒！"亨克不敢去看主人的眼睛，它一点点地挪到主人跟前，用它的头轻轻地去蹭主人的靴子。然而，主人丝毫没有理会它，一脚就将它踹倒了。它的主人依然是那么愤怒，"我真是没有想到，你竟然会背叛我！为什么？你告诉我，你滚过来，用你的眼睛看着我！叛徒！"

詹夫说完以很快的速度从屋里取了枪，又转了回来。而他的猎狗此刻距离他还有二十多米，正默默地朝着他爬来，它的鼻子呼哧呼哧地翕动着，它也知道自己做错事情了，似乎是在为自己的错误而忏悔。

詹夫难消心中的怒火，指着亨克喝道："浑蛋，你过来！"听到主人的训斥，亨克挪动着它那肥硕的身体爬到了主人脚跟前，那双深棕色的眼睛怯怯地看着主人，眼神里流露出一种无奈。但这并没有阻止主人的决定，詹夫已经将枪口瞄准了它的脑袋，多年以来，这种眼神对他来说是多么亲切和熟悉。想想当年他落入熊口时，亨克救他时与黑熊对视的那种眼神是何等坚定和勇敢！真是置自己的生死于不顾，对主人忠心不二。他俩就这样对视了一会儿，詹夫如何下得去手啊？这可是他相依为命的伙伴啊！

他深深地叹了一口气道："真是该死！你是我的好伙伴，让我怎么办啊？我也很难受，我对你下不了手。但是我不能容忍你背叛我，我不允许你再跟着我了，我们也不能继续一起生活了！"詹夫的内心充满了莫大的痛苦，他说完就回屋了，躺在床上时他情不自禁地泪流满面。

亨克似乎看到了一丝希望，它默默地跟了进来，看着主人的那只手垂到了床下，它上前舔了舔主人的手，然后主人抽回了他的手，猛然地跳下了床，抬起脚狠狠地踢了亨克一下，呵斥道："你这个可耻的叛徒！"亨克拼命地抽动了下鼻子，默不作声，接着它沮丧地走出了屋子，这时它听到了一声绝望至极的叹息声。

可怜的亨克终于明白了，主人不要它了，它将要被主人永远地抛弃了。

詹夫在床上默默地躺了一个多小时，他的内心痛苦地斗争着。最终他带着枪，又取了一块肉装在口袋里，然后出门了。他看到亨克仍然在地上爬来爬去的，一丝酸酸的东西掠过他的心头，他横下心对亨克喝道："你这个浑蛋，叛徒，跟着来！"边说边径直朝前走了。可怜的亨克则没精打采地跟在后面，就这样一直走了两个多小时。没过多久，乌哈乌河的码头就出现在眼前了，他们看到了"杰克逊"号蒸汽船正在靠岸，船上装了许多木料，詹夫的内心又泛上了一丝酸楚感。

一些看起来很富有的人站在高高的甲板上，这时有一个大高个儿的农场主模样的男人走向了甲板的扶手，他看见了詹夫和他的伙伴。

当然，亨克可不是一般的狗，看起来挺惹人注目。

那个农场主对詹夫说道："这条狗看起来很特别啊！"詹夫坚定地说道："那当然！它可是肯塔基最棒的猎狗！"那个农场主看来对亨克很感兴趣，他问詹夫："您愿意把这条狗卖给我吗？价钱随便开！"詹夫立刻回应道："不可能！谁出再高的价钱我都不会卖掉的！"然后他的眼神一直眺向遥远的对岸，他看了很久，心中痛苦不已。

詹夫猛然回头转向了农场主："你明白我的意思吗？也就是说你能保证好好地对待和照顾这条狗吗？就像对你的伙伴一样。"

农场主毫不犹豫地回答："当然啦！这点请您放心，这么说，你愿意把它卖给我了？"

"呃，不，我不会卖它的！但，倘若你是真心喜欢它的话，我就把这条狗送你吧！请记住你说的话，好好对它！"詹夫慢慢地说道，似乎说出这些话很艰难。

詹夫的话让农场主欣喜若狂，詹夫从口袋掏出那块肉喂给亨克，可是亨克并不吃，它的眼里噙满了泪水，詹夫给它的脖子上套了一根绳索，然后牵着它走上了船的甲板，将绳索的另一头交给了那个农场主。农场主向詹夫表示感谢，并说道：“我的名字叫罗宾，能得到这条狗我非常开心，我的家在新奥尔良，欢迎您有空来作客！”

一会儿船就驶离岸边了，望着逐渐消失的船，詹夫再也控制不住自己而泪流满面，他很清楚地听到一声哀号，或许是亨克在绝望之际向主人作最后的道别吧。虽然此刻詹夫的眼里是碧波荡漾的河水，可他无心欣赏，彻底没了船的影子，回荡在他脑海里的唯有亨克的悲鸣。

詹夫胡乱抹了下脸上的泪水，突然他失声大叫道：“亨克，回来，你给我回来！”然后他疯狂地大喊大叫道：“不要！不要带走我的狗！亨克，你回来，不要离开我！”

可是任凭他怎么呼喊，他的亨克已经离他而去，就连它的悲鸣也听不到了。

墓碑

詹夫发疯似的沿着河的下游飞奔着，他知道，在离这儿大概三十公里处有一个码头，或许在那里他可以截住那艘船，他可以追回他的伙伴。这段路坎坷不平，很难走，可詹夫丝毫没有觉得，他依然飞速地跑着，仅仅用了三个小时就到达了码头。然而当他上气不接下气地从山上冲下来时，才发现“杰克逊”号已经起航了，这让他懊悔不已。

然而他还是不肯死心，他又拖着疲惫的身躯去了泊船厂，四处向大家询问那艘船的下一个停泊处。其中有个人跟他说道：“这艘船中途是不停的，直接到达终点——孟菲斯。”

他心里升起的那点希望又被浇灭了，因为他知道孟菲斯的确是太遥远了，显然靠徒步是不可能到达的，无奈之下，他也只好伤心地回到自己的屋子，再也没有亨克的小屋让他很不适应。

孟菲斯

美国田纳西州的城市，位于密西西比河岸边、下契卡索陡岸上，狼河的河口。

没有了相依为命的伙伴，詹夫觉得异常孤单，刚开始，他试图努力地不去想亨克，因为每每想起亨克，就会感到揪心地痛。可是，日子一天一天地过去了，他还是无法忘掉亨克，反而这份思念更加强烈了。过了一个礼拜，他把家里所有值钱的东西都整理了一下，包括火腿、动物的毛皮和一些其他东西，他准备把这些都搬到交易所全部卖掉。刚到那里，他就跟人打听："你们有谁知道'杰克逊'号下次再来这里大概会是什么时候？"

"你是说'杰克逊'号？永远都不会再来了！难道你没听说吗？前段时间那艘船已经沉没了，说是在中途被漂下去的圆木桩给撞上了，相传整艘船只有一个人获救，好像是一个黑人厨师。"

听到此话，詹夫整个人都呆住了，他的眼神呆滞而悲伤，停顿了很久，他才喃喃自语着："为什么我没有跟着去呢？一起沉入水里也好啊！这样我的伙伴也不会孤单了！"

自从知道了沉船的消息后，詹夫整天就一副消沉的样子，开始酗酒，生活过得是狼狈不堪，很快就掏空了他的积蓄。迫不得已，他在状态好转了一些后就找了个活儿干，是邮递员的差事。

一个无意的机会，他又听说了关于"杰克逊"号的另外一个消息："据说'杰克逊'号被撞沉时，获救的其实并不是什么厨师，而是一个农场主，他得救完全是靠着他带的那条狗，那条狗可真是厉害，直接把他拖到了岸边。"

詹夫的心里不禁动了一下，立刻上前问道："那么，你们知道那个被狗救起的男人叫什么吗？"

"是叫罗宾还是拉宾什么的，记不清楚了。"

詹夫又急切地追问道："那个人是要到哪里去呀？是新奥尔良吗？"

看到詹夫如此激动，那个黑人好像被惊到了，马上说道："不不，我不清楚，不知道他要去哪里，我知道的也就这么多了。"

詹夫回去就辞掉了邮差的工作，他找了份船上的活儿，当装卸工。于是，两个礼拜后，詹夫就跟着船到了新奥尔良。罗宾的家很好找，他很快就见到了这个农场主，他住的房子很宽敞，装修得也很漂亮。打开门看到詹夫，罗宾颇感意外，眼前的这个人甚至都没有跟他打招呼，直接就问道："怎么不见我的狗呢？我要见到它！"

"抱歉，你见不到了！"

接下来，罗宾就一五一十地跟詹夫讲述了事情的经过。

"那天夜里，我们乘坐的'杰克逊'号被木桩撞沉了，我很幸运，亨克在河里一直拽着我，直至把我拖到岸边，中间遇到湍急的水流它都没有扔下我，我没有看错它，整艘船只有我一个人获救了，这都归功于这条好狗。我们一起回到了家，我们相处得很融洽，我的家人也都喜欢它。然而，不知道什么原因，它经常往码头跑，我去找它的时候看到，每当有船开来时，它总要仔细地瞅着每

新奥尔良

美国路易斯安那州南部的一座海港城市，同时也是路州最大的城市。

一个下船的人，还总是凑上前去闻那些人身上的气味，一个都不放过，等船驶离岸边了，它就发出那种很凄惨的号叫，总之，它很不开心。”

“还有一件事，”罗宾继续说道，“有一次，我收到了一个朋友从山上寄来的一些食物，是几个用熊大腿熏制而成的火腿，看到有美味，家里人都吵闹着凑过来要吃，亨克也在跟前。于是，当它看到那些火腿就上前闻了闻，可就在那一瞬间，它突然大叫一声冲了出去。它先是在屋子外面的草坪上待了片刻，接着就发出了那种让人心碎的悲鸣！一声一声地号叫着，然后就向码头飞奔而去。看着它这个样子我也很担心，就立即骑马追到了码头，尽管如此，还是为时已晚……”

詹夫的脸色有些惨白，紧张地听罗宾继续述说，“赶到码头时，我只看到了亨克惨不忍睹的尸体，它的头被割破了好几处，而身体更是伤痕累累。码头上的人跟我说，看到有船过来，亨克立刻就跳进了水里。其实，船上的人是在设法把它救上来。然而他们说，这条狗好像拒绝被救，不停地咬他们，而且它还专门钻进了船底，亨克因此而丧命，它身上的那些伤就是被船桨打的。当时，我摸它的身体，还热乎乎的，只是……”

然后，他带着詹夫来到一棵柏树下，说道：“这就是亨克最终的栖身之地！”

詹夫看到，柏树旁边有一块小石碑，白色的，隐约中他仿佛看到亨克走了出来，突然他撕心裂肺地呼喊着：“我错了……我不该……我知道你是在惩罚自己，不就几个火腿吗？为什么不能宽恕你呀？你是我的好伙伴，我该死……你能……原谅……你愚蠢的主人吗？”

詹夫泣不成声，转身离开了。

大约半年后，在遥远的地方人们立了另一块墓碑，是詹夫之墓，距离亨克的墓碑足足有三千二百公里之遥。从农场主的口中还传出了一段凄惨的故事，后来，随着詹夫坟墓旁的那条路被废弃了，这个坟墓也就慢慢地被人们遗忘了。而关于相隔甚远的两个墓碑之间，一个猎人和他的猎狗之间的故事，也渐渐地不再被人提起。

猎狗亨克大事记

小读者们，拿起笔来，记录一下这位主角所经历的大事吧！

07

少年与山猫

扫描二维码
听导读

无忧无虑的森林生活

索博恩是一个刚刚满十五岁的男孩子，对生活充满了热情，尤其爱好运动。这段时间他又迷恋上了射击运动，简直到了狂热的地步。

之前，这个阳光男孩刚刚生了一场大病，在医院恢复得差不多的时候，医生建议他去乡村生活一段时间，亲近大自然有益于他的健康，他的父母也觉得乡村的空气好，于是就听从了医生的建议，安排索博恩居住在森林里的一个小山头上，那是一个亲戚的屋子。

屋子的主人是一个爱尔兰籍加拿大人，叫可尼，他的身材很好，高高的，人长得也很帅气，一副朝气蓬勃的面孔。可尼有两个妹妹和他住在一起，其中姐姐叫玛格，性格稳重；妹妹叫璐璐，调皮可爱。他们原本是和父母一起住在镇上的，距离这儿大约有四十公里，一家人也和和美美的。但是可尼非常向往那种自由自在的原始生活，也十分喜欢森林，在他的一再坚持下，父母便同意他搬到了这儿居住。哥哥住进了森林，这激起了两个妹妹的好奇心，她们也都请求父母让她们跟随哥哥一起生活。于是，兄妹三个便开始了无忧无虑的森林生活，两个妹妹平日里帮哥哥打打下手，基本也就做一些比较容易的活儿，比如做饭。

森林里的这个小屋可都是可尼亲力亲为搭建起来的，他亲自动手砍伐树木，屋顶铺着草皮，那一片郁郁葱葱，长满了各种花草，非常清新。屋子里的地面没有铺地板，这才有原始的感觉。屋子的前面有两条路，一条通往镇上，路面崎岖不平，另一条通向一个湖泊，那湖面晶莹透彻、温柔恬雅。

其实他们的生活也有点儿单调，每天几乎都做着重复的事情。天亮的时候，可尼最先起床，生好炉子，等屋子都暖和起来后，他这才去把妹妹们叫醒，然后，他就出去喂马，两个妹妹便在屋里做早餐。兄妹三人一起用完早餐，时间还很早，经常都不到六点钟。这一天才刚刚开始，可尼就像一个农夫似的去田间干一些农活，偶尔也去打猎。平日里他们都是看着太阳来推算时间的，比如当水中映出枯树的影子时，玛格就开始准备午餐，先去打水，然后洗菜、做饭。午饭准备好之后就该通知哥哥了，这个差事由璐璐完成，她会把一根木棍插在房顶的最高处，而木棍的顶端绑着一块雪白色的布条，能在风里轻舞飞扬，正在田间劳作的哥哥抬头便可以看到飞舞的布条，一看见就明白该回来吃饭了。

现在索博恩也加入了他们，四个人，也算是一个家庭了，他们一起简单而快乐地生活着。索博恩没事就去湖畔或者森林逛逛，偶尔也会去爬爬山，不过不会让自己很累。一般他会在晚上回来跟大家共进晚餐，他们每天的伙食也很简朴，差不多就是面包、猪肉和土豆了。鸡蛋不是每天都能吃到，因为是他们自己养的鸡下蛋，如果今天鸡刚好下蛋了，那么当晚的饭桌上就会有鸡蛋了。如果说再有什么难得的口福，那就是偶尔能尝到一些野味，那是可尼在空闲的时候去打猎获得的，因为只有他一个人会打猎，而平时他总有各种干不完的农活，所以大部分时候都闲不下来，没有更多的时间去打猎。

有一次，索博恩看到树上有很多鸽子，他就悄悄地拿上了枪，站在树下仔细地观察，过了好一会儿，鸽子还是没有飞走，于是他就端起了枪，瞄准，扣动扳机，“砰砰”两声后，让他开心的是还真有鸽子掉下来了，他迅速跑过去捡他的猎物。不过从树林里出来的一个年轻人比他快一步，已抢先把鸽子捡起来了。

索博恩这下看清楚了这个年轻人居然是可尼。

“嗨！可尼，别动别动，那鸽子是被我刚刚打中的！”他大声地喊道。

“啊！不会吧！你是说，这鸽子是被你打下来的？”可尼说道。

然后他们把鸽子拿起来仔细地检查了，看来两个人说得都没错，鸽子身上中了两枪。他们两个人竟然是同时开枪的，这还真是有趣！

索博恩和可尼两人对视了几秒后不禁会心地一笑。

怪异的雷鸟

在一个清爽的早晨，有一只看似懒洋洋的山猫来到了森林里，它缓慢地行走着，看样子有些疲惫，中途它看到了一棵横倒在地的大树，这可是森林里最古老的一棵树了，它的树干也已经被蛀虫掏空而形成了一个大洞。山猫正是看中了这个大树洞，立刻就爬进去蜷缩起来，它之所以这么着急地想寻求一个休息的地儿，并不是为了自己，而是为了肚子里的宝宝，它首先必须在宝宝们出生之前找好一个温暖而安全的家。

山猫

属于猫科，体形似猫而远大于猫，体粗壮，尾极短，通常不及头体长的1/4。四肢粗长而矫健。

家算是安好了，但眼前还有一件亟待解决的事，那就是山猫都饿了好几天肚子了。虽然目前正值野兔大量出没的时候，可是因为去年秋天的一场瘟疫，大部分野兔都被病毒感染而死掉了，所以山猫在这里已经捕食不到野兔了。雪上加霜的是今年入冬时一场大雪冻死了很多雷鸟，所以也几乎没什么鸟儿可供山猫捕捉了。这可真是“屋漏偏逢连夜雨”呀！山猫就连雏鸟都捕不到，因为春天的滂沱大雨淹死了刚刚出生的小雷鸟。此外，因为持续的大雨，池塘和河里的水位也不断地上涨，因此，几乎也看不到鱼儿和青蛙了。

森林里的大多数山猫时常饿着肚子，身体也都变得虚弱不堪，那这只即将生产的山猫的境地更是悲惨，自己没有东西吃，那肚子里的宝宝也就吸收不到营养了，搞不好会直接饿死在妈妈的肚子里。还好，小猫宝宝在几天后顺利降生，山猫要照顾刚出生的宝宝，更没时间去捕食了，而猫宝宝又要不停地吃奶，这让本身就饿着的山猫看起来更单薄了，它快要支撑不住了。

天无绝人之路，终于有一只松鼠被山猫逮住了，那倒霉蛋看到大树洞后十分高兴，还以为自己发现了个好窝，激动地钻了进去，之后才发现大事不妙。可是，这只小小的松鼠压根儿就填不饱山猫那饥饿过度的肚子。偶尔，山猫也会抓到黑蛇，尽管黑蛇的身上有一股难闻的味道，但为了孩子们它还是毫不犹豫地吃掉了。看着嗷嗷待哺的猫宝宝，不停地叫唤着“饿，饿，要吃……吃奶”，这让山猫妈妈无比难受，它没有食物吃，自然也就产生不了奶水，小猫们没奶吃，怎么办呢？不行，一定要想办法！

无奈的山猫于是外出觅食，不久它就碰到了一只浑身长满刺的豪猪，那刺就像一根根钢针一样。此时的山猫已经顾不了对方的强弱和大小了，只要是食物就行，于是，它悄无声息地靠近了豪猪，准备找机会下手，过了一小会儿，山猫瞅准豪猪的头就突然发动袭击。可是，豪猪的实力毕竟还是超过了山猫，只见它快速地转身，用那布满刺的尾巴狠狠地抽打了一下山猫。这一下可是让山猫有得受了，立马就疼得乱跳。其实，这样的情形对山猫来说并不是第一次，早在几年前山猫就领教过豪猪针一般的尖刺，从那以后它见了豪猪便“敬而远之”。今

豪猪

豪猪科动物以身上有棘刺闻名，棘刺有保护自身和御敌作用。遇敌时棘刺竖立抖动，发出“沙沙”的声响。栖息于山坡、草地或密林中。洞居。夜间活动，并常有一定路线。

天实在是无奈之举，饿极了才会抱着侥幸的心理，不料又是“悲剧重演”。山猫拖着疲惫和饥饿的身子，在森林里转悠了一整天，临近傍晚的时候才算是抓住了一只估计也饿着肚子的青蛙，但总比空手而归好一点点吧。

过了一天，山猫决定再出去一试运气，除此之外它也没有更好的办法了。不过就在它还没有走远的时候，耳边突然传来了一阵十分怪异的“叽里咕噜”声，这种声音对山猫来说很是陌生，到底是什么声音呢？为了搞清楚，它顺着声音的方向轻手轻脚地摸索了过去。不仅仅是声音，此刻空气中还隐隐约约荡漾着一种清爽的味道，这也是山猫之前没有闻到过的一种鲜味，它的心里不由得闪过了一丝亮光，因此步子也加快了。

一会儿山猫就来到了一处空地，这里的树木都被砍掉了。出现在眼前的两个超大的窝着实吓到了山猫，它从来没见过如此大的窝，什么动物能住这么大的窝啊？也许是河狸或者麝鼠的窝吧，但也不至于这么大呀！再说它们的窝一般都位于沼泽地周围，而眼前的两个超大的窝却是在地势较高的地方，比较干燥，还是用原木搭建而成的。

河狸

河狸身体肥大，通常夜间活动，白天很少出洞，善游泳和潜水，不冬眠，自卫能力很弱，胆小，喜食多种植物的嫩枝、树皮和树根。

“这两个大窝到底是什么动物的呢？”一个大大的问号充满了山猫的整个脑袋。之前听到的那种奇怪的声音，山猫此时找到了答案，在这两个大窝跟前有很多雷鸟悠闲地走来走去，三五

雷鸟

鸡形目松鸡科雷鸟属动物的统称，善于奔走，飞行迅速，类似山鹑，是寒带地区特有的鸟类。羽毛颜色因季节而异，与环境一致。

成群，正在草地上捉虫子吃，那怪异的声音正是眼前这些鸟儿们发出的。山猫也听过雷鸟的叫声，但似乎和这些鸟儿的声音还是有区别的，并且它之前见过的雷鸟没有它们的身体大，羽毛的颜色也不一样，有黄的、白的，还有几种颜色混在一起的。山猫想它们也许并不是雷鸟，具体是什么它不清楚，但肯定也是鸟类。

当然，让山猫困惑不已的两个大窝和鸟类，其实不过就是人类居住的木屋和他们养的鸡群而已。对于极度饥饿的山猫来说，以为遇到了好事呢！它甚至咽了咽口水，心中激动不已，它不禁暗暗发誓："这个绝好的机会一定不能放过，至少我要捕捉到其中一只，带回去让我的宝宝们痛快地饱餐一顿！"想到此，山猫就借着草丛的遮掩，悄悄地靠近了那些各种颜色的鸟儿。

山猫看到那些"鸟"类正在草地上竞相啄食，它们中间最大的那只时不时地昂着脖子发出了"喔喔喔"的鸣叫，叫完后，其他"鸟儿"的脖子伸得长长的，朝四处张望。躲在草丛里的山猫一动不动地等待着，它已经准备好了一种最佳的姿势，瞄准了一只"黄鸟"，时机一到，它便可以直接扑过去抓住"黄鸟"。

正在山猫聚精会神地注视着"黄鸟"时，突然有一只"红鸟"高叫了一声，吓了山猫一大跳，还以为自己被它们发现了，立刻一动不动地趴着，将身体紧紧地贴在地上。静静地等了一会儿，它发现自己的目标——那只“黄鸟”依然待在原地，机不可失，山猫不允许自己再等下去了，便像离弦的箭一般飞了出去，还没等那“黄鸟”反应过来，已经被山猫扑倒并快速地叼住，朝森林里飞奔而去。

这也就是一瞬间的事情，山猫的速度之快让所有的“鸟儿”都没有意识到身边的同伴已经被掳走了。山猫终于成功了，它死死地叼着“黄鸟”，此刻它想到了孩子们，于是加快脚步在森林里飞奔。那“鸟儿”起初还扑动着翅膀挣扎了一会儿，但没多久就逐渐地不再动了。

山猫正飞跑的时候，耳边突然传来了一阵沉重的脚步声，感觉不是小动物。为了避免被它发现，山猫藏到了一棵横倒的树后面，瞧了瞧嘴里的猎物已经一动不动了，便放心地放在了树旁边，还特意用一只脚踩着，以保证万无一失。

山猫这才抬起头朝发出声音的地方看去，不一会儿，树丛被拨开，出来了一个少年。山猫不禁条件反射般大叫一声，原来是两条腿的动物，哼！这可是它最痛恨的！想想在很长时间以前，它就和这种两条腿的动物打过交道，为此它可是吃了大亏，总之它认为这种动物很坏。它怒视着少年清澈的眼睛，并“呜呜”发出了几声鸣叫，接着便叼着猎物毫不畏惧地从树后跳了出来，极速地飞奔进浓密的树林里，三千米的路程，它一刻都没有停。终于见着了孩子们，山猫急切地呼唤它们，听到妈妈的声音，宝宝们一个个地像皮球一样从树洞里滚了出来，它们也是饿坏了。

从山猫生下宝宝后，它们还从来没有吃饱过呢，更别提什么美味了，这次，山猫终于可以和它的孩子们尽情地享用一顿美餐了，这让它无比开心。

难道是熊吗

索博恩从小到大都没有离开过城市，为了让身体彻底地恢复，他来到了森林里。刚住进森林小屋的时候，他还有些不习惯，感觉有点儿害怕，但不久他就慢慢适应了这里的生活，自己一个人也敢去森林深处转转了。平日里他总喜欢琢磨一些关于各种动物的知识，不过对于捕杀动物这种事他并不是太感兴趣，虽然这样想着，但他还是随身带着枪，在他们所住的屋子附近，一般都不会出现什么猛兽类的大型动物，如果说能捕猎动物，多半也就是一些旱獭、松鼠之类的小动物。

他们又有很久没有品尝野味了，有一天早上，可尼突然自言自语道："我得让大家开开荤，过过嘴瘾啦！"于是，他拿上他的来复枪出去了。他知道，在离这儿大约几百米的地方有一棵树，上面住着一只松鼠，不过它也是暂时住在这里的。遇上阳光明媚的天气，它会出来静静地待在枝杈上晒太阳，但它的警惕性也是相当高，时时刻刻总留意着周围的情况，一旦有动静，它立刻就逃之夭夭了。

可尼选的这个日子天气晴朗，正是晒太阳的好时机。可尼装好了子弹，观察了一下周围的情况。不出所料，他望见那只松鼠正惬意地在不远处的树上沐浴着阳光，然后他端起了枪。

枪响了，接着"哐当"一声，那只松鼠便从树上掉了下来。此时索博恩刚好就在附近溜达，听到了枪响便跑了过来，顺手捡起了猎物，看到可尼的枪法这么好，他不禁佩服地朝可尼竖起了大拇指，开心地叫道：“嗨！你好厉害啊！可尼，它的头部被你的子弹击穿了，你看！”听到索博恩的夸赞，可尼微微笑了笑，回应道：“呃，碰上好运气而已！”话里没有丝毫的骄傲之意。

森林里的生活就是如此，很多事情都要靠自己的双手，比如想享用美餐，那就需要通过打猎而获得了。就像今天，可尼捕到了松鼠，那肉又嫩又香的，想想都让人流口水。大伙兴高采烈地聚在一起，边吃边聊天，每当他们说起一些好玩的趣事，一个个都是眉飞色舞、手舞足蹈。能顺利捕到猎物，可尼也很高兴，既可以有肉吃，还留下了一张松鼠的毛皮可以使用，真可谓一举两得！

可尼是一个很有智慧的年轻人，他还会制作皮革。首先，他会烧一锅开水，让毛皮经过开水的充分浸泡，脱掉上面的毛；接着再把脱掉毛的皮浸泡到肥皂水里，持续泡上两三天后再取出来，然后把它拿到大太阳下进行暴晒，让皮子得以干透。生皮毛经过他的处理后，就成为可以正常使用的皮革了。

而索博恩呢，他近来越来越热衷于研究森林里的动物了，这种浓厚的兴趣促使他总想要去一些比较远的地方，虽然不会发生什么惊天动地的大事，但他觉得这是一种充实的生活，他喜欢这样。

于是，索博恩就出发了。有一天，他翻过了一座小山，进入了一片他以前从未到过的森林。这里有一块空地，倒着一棵大树，离这儿大概一公里的地方有一个美丽的湖泊，他想去那里看看。走到中途，他突然停下来：在他视野前方，有一只黑色的动物蹲在一棵树上，看着凶巴巴的，不禁让他大吃一惊，低声嘀咕道：“难道这就是熊吗？在森林里待了这么长时间，还从来没有看见过一只真

正的猛兽呢。今天终于让我遇到了，看来上天要考验我啊！那就来吧，我准备好了！”

索博恩甚至有点儿兴奋和激动，因为每次走在森林里的时候，他都莫名其妙地期盼着能遇上一只熊，此刻，他的愿望终于实现啦！接下来他迅速地把子弹上膛，他盯着树上的野兽看了一会儿，那只动物的体形并不是太大，可能是一只小熊吧。不过他的心里突然泛上一丝恐惧感，因为他想到小熊在这里，那它的妈妈一定也就在这周围，自己要是向小熊开枪，势必会引来母熊，那么自己肯定就会遭到母熊狠狠的袭击。

索博恩变得心惊胆战，小心翼翼地朝着四周察看了一下，但什么也没看到。然后他稍稍平复了一下紧张的心情，又静静地等了一小会儿，再次观察了周围，确认没有任何情况后，他果断地端起枪，瞄准树上的小熊，扣下了扳机。随着枪声落下，树上的小熊掉落在地。

一枪毙命啊！索博恩不禁暗自窃喜，兴奋地跑了过去，定睛一瞧，他不由得有些傻眼了，地上明明就是一只豪猪嘛，哪里是他时时盼望的熊呢？

他感到挺遗憾的，郁闷地自言自语道：“怎么搞的？我怎么会把豪猪当成熊呢？真是的，唉！”他也有一丝后悔，要不是他错把豪猪当熊的话，也不会贸然开枪了，可怜的豪猪啊！他蹲下来看了看豪猪，才意识到他这一枪对豪猪还真是雪上加霜，因为它的脸上之前就有好几个伤口，应该是和对手开战时被弄伤的。但他也很无奈，于是就准备离开，这时才发现自己的裤腿上有一片血迹，应该是无意中被豪猪身上钢针一般的尖刺给刺伤了，他随便擦拭了一下，就抛下豪猪回家了。

当大伙听他说起误伤豪猪这件事时，璐璐表现得无比惋惜，说道：“你怎么不把它拿回来呢？我们可以把它的皮剥下来，哥哥会处理好的，那我冬天岂不是有漂亮的斗篷了！简直太可惜了！”这时，索博恩伸出了他受伤的手，让璐璐过来看看，说道：“你是不知道呢，我都没怎么动它，就这样还是被它的尖刺扎伤了，我可不想再冒这个险了！”

不幸的小鹿

森林里持续下了好几天的雨，大家也就一直闷在家里。雨过天晴，索博恩的心情也变得很清爽，他急切地想去森林里转转。上次去森林是为了动物，想偶遇熊，而这次呢？从动物变成了植物，当然，他也是做了准备工作了，之前他就发现了一些珍奇的花花草草，这次的目的就是想采摘一些，森林里的植物遍地都是，不会走太远，因此也没有必要带枪了。

他吹着口哨，迈着轻松的步子朝前走着。就在他随手拨开一处树丛准备出去的时候，他突然发现树上有一双咄咄逼人的眼睛此刻正盯着他，那是一只山猫，不过它站立的姿势很怪异，而一只“黄鸟”被它的前脚踩在底下。索博恩感觉怪怪的，仔细一瞧，不由得惊诧不已，因为山猫脚下的“黄鸟”正是可尼自己养的鸡！

索博恩这下有点儿后悔出来没带枪，要不然一定会把眼前的这个偷鸡贼一枪解决掉。其实山猫之前就发现了索博恩，但不知道自己就成了偷鸡贼，而这个少年因此对它深恶痛绝。就在索博恩想着该如何惩罚这只可恶的山猫之时，那家伙已经叼着鸡从树上跳了下来，顷刻便消失得无影无踪了。

这个夏天森林里的雨水特别多，大量的水分渗到了地下，因此地面变得非常松软，一旦脚踩上去，就在地面上留下了十分清晰的足迹，所以说时下正是狩猎的好时机。如果在别的季节，那土地又干又硬，就算是再有经验的老猎人，也无法从地面上辨出动物的踪迹。这个时节，动物的脚印在地面上显现得十分清晰，即使是一个外行，就像索博恩这样的，也可以很容易地辨认出留在地面上的动物足迹。

果然，索博恩有一次在森林里真的发现了两排足印，他感觉应该是豪猪留下的。然后，他就一路顺着脚印跟到了一个山谷里。有两只白色的不知名的动物在前面跑着，他终于看出来了，那是两头鹿。鹿妈妈个头很大，小鹿很小，应该还不到一岁吧。鹿妈妈带着小鹿奔跑时，索博恩看到的白色其实是它们竖起来的尾巴，看起来也是比较显眼的。这下索博恩明白了，地面上两排脚印是眼前这一大一小两头鹿留下的。

这对鹿母子突然停了下来，因为它们也发现了这个少年，母鹿盯着索博恩看了一会儿，这让他也手足无措了，傻傻地站在原地看着母鹿。就在他发呆的时候，母鹿突然快速地掉转方向，跳着跑远

了，那白色的尾巴一闪一闪的，小鹿也紧跟着妈妈，它们母子的身姿都很轻盈，不一会儿，它们的身影就消失在一处灌木丛里了。在之后的一段时间里，同样的两排足迹他又见到了好几次，但再也没有见到它们。

也许是他和那只母鹿有缘吧，过了几天后，索博恩在森林里又见到了它，但没有看到小鹿跟在后面。不过那只母鹿显得忐忑不安，一副焦急的样子，还不断地用鼻子嗅着什么，看样子似乎是在搜寻什么。

索博恩无意中想起了一个方法，那还是他从可尼那儿学来的。他随手从地上捡起了一片叶子，用两个大拇指夹住了它，然后用嘴去吹，竟然吹出了一种类似小鹿找妈妈的声音，短平而急促。果然不出他所料，听到这个声音，母鹿便蹦蹦跳跳地朝着索博恩跑来，他立刻条件反射般地端起了枪。一刹那间，母鹿猛然停在了原地，它或许意识到自己被骗了，不禁有点儿沮丧，凝视着索博恩，眼神里充满了悲伤。这样的眼神竟触动了索博恩，他拿枪的手不由得犹豫了，就在这时，母鹿转瞬间跑掉了。这次索博恩并不后悔，他轻叹道："看样子是把小鹿搞丢了，好可怜的鹿妈妈呀！"

然后他继续朝前走，走了大概三十分钟，看到了一片空地，有一棵高大而古老的枯树倒在地上，树旁站着一只小山猫，它的小尾巴尤其短，就好像用刀截了一段似的。索博恩立马用枪瞄准了小山猫，而那只小山猫丝毫没有意识到自己面临的危险，它反而抬起头，一脸天真地瞅着他，那小脑袋歪着，还挺可爱的。过了一会儿，又有一只小山猫不知从什么地方跑过来了，同样也不明白眼前的处境，还揪住那只小山猫的尾巴，无忧无虑地嬉闹起来。

看着两只小山猫嬉耍的时候，索博恩又想起了那只大山猫脚下的小黄鸡，气又不打一处来，然后他重新端起了手里的枪。就在他准备扣动扳机的一瞬间，耳畔猛然传来了一个恶狠狠的叫声，这让索博恩惊诧不已，他放下了枪，向发出声音的方向望去，不远处，那只他并不陌生的母山猫正满脸凶相地盯着他。

此刻，索博恩心里很清楚，如果再朝那两只小山猫开枪可纯属愚蠢之举了。母山猫继续朝他愤怒地号叫着，这不禁让他有点儿害怕，他准备将捕鹿用的子弹装进去，可匆忙中又把原来枪里面的几颗大子弹掉出来了。而母山猫呢，并没有闲着，它从树丛中拖出了一个大家伙，这着实吓了索博恩一大跳，因为他看到了白色尾巴的小鹿，那尸体看上去并不僵硬，估计刚被山猫咬死不久。还没等他做出举动，那母山猫便叼着小鹿奔进了树丛里，而那两只小山猫也随着一起跑掉了。

从那以后，索博恩再也没有遇见过这几只山猫，不曾想到日后自己和它之间竟然会有一场殊死搏斗。

可怕的疟疾

时间过得很快，不经意间索博恩已经在森林里住了半年，过着开心而平静的生活。

然而在一个早上，一向朝气蓬勃的可尼看起来一副有气无力的样子，索博恩关切地询问道："你这是生病了吗？昨夜听到你梦里呻吟，要不要紧啊？"可尼应道："没关系的，只是有点儿不舒服！"接着可尼就去外面喂马，不一会儿又回来躺到床上。

可尼勉强吃完早餐就去干农活，可今天还没到璐璐通知他时就早早地回来了，并且他全身都在发抖。璐璐担心地问道："怎么啦？可尼，你去田间没遇到什么吧？"可尼答道："感觉浑身发冷。"而这时正值夏天，可尼却一直叫冷，应该是病了。于是玛格把好几床被子都盖在他身上，他发烧了，而且神志也不清。大家这才明白，可尼染上了疟疾，对于生活在森林里的人来说，这种病很常见。

于是玛格采了一些草药并煎成汤，然后给可尼服用，大家也都精心地照料他，但他的病却日益加重。十多天下来，可尼已经被折磨得不成样子了，面黄肌瘦。可尼的疟疾虽然不算太严重，但就是反复发作，时好时坏。

终于，可尼打起精神跟大家说道："我这个病很麻烦，我快支撑不了了，想回到城里去，父母可能一个礼拜时间就能帮我把病治好，继续待在这里情况会越发糟糕的。今天就走，我还有一点儿力气赶马车，路上实在坚持不了，就躺在车上让马儿带我回家。"接着，其他三个人便把可尼扶上了马车。

临走前脸色苍白的可尼还交代道：“倘若在我回来之前大家没有食物了，就去湖对面的艾拉顿拿，划船过去！”说完他就驾着马车摇摇晃晃地渐渐远去了。

送走可尼后，他们三个人心中都有一种空落落的感觉，再说没了马车，出门也只能靠步行了。

最可怕的是没过几天，这三个人一个接一个地都病倒了，疟疾传染到了他们身上，而且他们比可尼的情况要糟糕得多。可尼当时是时好时坏，而他们整天都昏昏沉沉的，几乎没有好的时候。往日欢声笑语的小屋顿时静得可怕。

一个礼拜过去了，玛格一直卧病在床，璐璐没过多久也倒下了。活泼调皮的小姑娘连说笑的力气都没有了。唯有索博恩算是好点儿，能拖着病恹恹的身体勉强给两个姑娘做口吃的，一天就吃一次，不过也好，因为食物也不多了，这样可以多支撑几天。

可尼回城里养病，短时间内估计是回不来了，三个人中只有索博恩还能凑合干点儿什么了。

就在这时候，他们遭遇了一件雪上加霜的巨大事件。当有一次索博恩带病去取那块腊肉时，却震惊地发现腊肉不翼而飞。他傻傻地待了许久，心想当初真不应该把腊肉放在外面，肯定是被什么野兽偷走了，那现在能供他们吃的只有茶和面包了。食物接济不上，大家也就没有体力与病魔抗争，那……索博恩不敢继续往下想了，一阵阵恐惧袭上心头。

索博恩突然间想到了屋外的鸡，这不失为一个解决食物短缺问题的办法。倘若不是因为生病，他感兴趣的还是捕猎鹿或者别的飞禽，然而现在他可是手无缚鸡之力，没办法他也只能猎杀鸡了。

拔鸡毛和熬鸡汤也只能是索博恩去做了，好鲜美的鸡汤啊！这也是他们久违的味道。可是他们病得很严重，每天也就吃那么一点点的东西，这点儿鸡和鸡汤，他们竟然吃了整整三天，三天啊！尽管如此，这只鸡还是吃完了，已经非常虚弱的他再次举起了枪，发现枪竟然是如此沉重。他几乎是爬到外面的，猎杀一只鸡他都用了好几颗子弹。更让他诧异的是，外面的那些母鸡竟然只剩下三四只了，又过了几天他发现只剩一只了。无论如何不能再失去这最后一只鸡了，猎杀时他用完了剩余的子弹，可谓是弹尽粮绝。

然后他们就陷入了无穷无尽的病魔折磨之中，每到下午他们三个就冷得直打哆嗦，咬着牙，全身颤抖着，生着火炉也不管用。而到了夜间，他们的身体又变得火炭一般滚烫，他们就不断地喝水，直至凌晨天快亮时，烧才算是退了，一个个精疲力竭、头昏脑涨。

这时他们想到可尼回城前说的话：没食物就去湖对面取。可是此刻，别说湖对面，连湖边他们也到不了。当时他说一个礼拜就能回来，现在已经过去三个礼拜了，还没见可尼的人影。也许再过几天，就连索博恩也没力气做任何事了，那么，他们只有听天由命了。绝望充满了每个人的头脑。

“天哪！上帝哪！可尼怎么还不回来呢？难道不要我们了吗？”这是他们心底燃起的最后一丝希望。

一双闪着幽光的眼睛

最后一只鸡被他们吃完后，在次日清晨，索博恩准备给屋里弄一桶水，以备他们晚上发热时喝，可就那一桶水，竟费了索博恩整整一上午的时间才拖进屋。他们晚上发烧比以前更严重了，一桶水被他们喝得已经见底了。在天刚刚亮时，睡梦中的索博恩被一种“吧唧–吧唧”的奇怪声音吵醒了。

这声音像是一个人的喝水声，他睁开了眼睛，这一瞧简直让他心惊胆战，也就是在水桶那里，他看到了两缕幽光，像是野兽的眼睛发出的。那家伙正在喝水。这不是在做梦吧？他揉了揉眼睛想看得清楚一些，不料那野兽哧溜一下钻进桌子下面了。

索博恩拼尽全力大喝一声，想以此吓退它。可那家伙似乎要挑衅他，瞪着一双蓝宝石般的圆眼睛，不紧不慢地从桌子底下爬出来，跳上了墙壁上的那个洞，跑了。那个洞是他们存放土豆用的，挺大，而那只野兽的身体差不多和洞口一般大。那只野兽到底是什么呢？他越想越害怕，却连追出去看一下的力气都没有了。

索博恩在起床后又专门去察看了一下，他有点儿怀疑自己是不是因为高烧而出现幻觉了，才会有那双闪着幽光的眼睛。不过，不管怎样，首先还是要堵上那个洞，万一不是幻觉呢？

现在他们就只有一点儿鸡肉了，尽管他们没食欲，但为了保持体力，还是勉强吃了几口。可尼肯定不会想到他们会病得这么厉害，想不到他们连走路的力气都没有，更别说去哪里拿食物了。

索博恩这天夜里烧得更严重了，昏昏欲睡，迷迷糊糊间他似乎听到了啃骨头的声音，他睁眼看了一下，隐隐约约的好像是一个高大的黑影，他不由得大喊了一声，随手抓起靴子扔了过去。可那个入侵者还是逃了出去，依然是那个洞口，已经被它扒开了，那个大家伙的身姿很轻盈。这下索博恩确定它不是幻觉，而是实实在在发生的事情。

这动静把姐妹俩也惊醒了，也瞧见了那个影子，不禁惊恐地问道："喂！刚才是什么呀？"索博恩应道："我也不知道呢！"说完燃起了蜡烛，还真是让他大吃一惊，姐妹俩连忙问道："怎么回事啊？"他沮丧地答道："我们最后的一点儿食物也被偷走了，真是该死！"然后他直接卧倒在床，两个姑娘不断说一些安慰他的话。等到天亮的时候，索博恩挣扎着去泉边打水，庆幸的是还摘到了三个果子，大家分着吃了，他把水分别盛放在三个水桶里，放在各自的床边，方便发烧时饮用。

索博恩这个晚上尽力干了一些杂活儿，然后找着一把捕鱼用的旧叉子，把它放在床边，这也是唯一的武器了。另外还准备了火柴和一些干松枝用以照明。

此时屋里的食物彻底空了，倘若再有野兽入侵，能吃的就只有三个卧倒在床的病人了。这让索博恩的眼前不由得浮现出了母山猫叼着小鹿的一幕。那只白尾巴的小鹿就活生生地被山猫咬死叼走了。他们的命运会不会也和小鹿一样悲惨呢？

一到夜里，让他们恐惧不已的是又开始发烧了，大家都睡不踏实，这天晚上，竟然没看到那个"不速之客"，为了活跃气氛，璐璐还跟大家开玩笑道："你们快看，我要飞起来了！"事实上，她已经虚弱得无法下床了。

夺命鱼叉

夜晚再次降临，索博恩照例做好准备，但一整夜都没有动静，就在拂晓时分，恍惚中他又听到了那种喝水的声音。他立刻睁开了眼睛，从窗子透进来的那点儿亮光中，他真切地看到了他的床边有一个灰色的影子，还有那只野兽的大脑袋，没错，是那只母山猫！他想拼命大喊一声吓退那家伙，可声音似乎卡在喉咙里出不来。无奈之下，他只好弱弱地跟姐妹俩说道："玛格！璐璐！快看，那个坏蛋，是山猫，又来了！"然而两个姑娘的声音更是微弱，"我俩动不了了，我们祈祷吧！求上帝保佑我们！"索博恩目前能做到的只有喊叫了，他拼尽全力朝着母山猫大喝一声，他想象中的大声怒吼，实际上却只是微弱的嘶哑声音。

母山猫没有丝毫的退却之意，它朝索博恩"呜呜"地示威，然后它的身子朝着窗子转了下，索博恩以为它想通过窗子逃走，不料，它即刻又转了回来，凶相毕露，直盯着索博恩，看样子随时都会扑过来。

可怜的少年默默地在心里祷告："上帝啊！救救我吧！"他和母山猫之间的恶战即将开演，那就拼个你死我活吧！

索博恩用火柴点燃了干松枝，然后把床边的鱼叉紧紧地握在手里，他硬撑着下了床，这是他对付山猫唯一的招儿了。只是他重病在身，两腿打着战，没办法，他只好用鱼叉撑着才勉强站住。那只母山猫体形超大，透过烛光可以看到他那闪着红光的眼睛，腰微微拱起，还不停地"呜呜呜"叫着，看来要向索博恩进攻了。

“不能坐以待毙！坚持，坚持，坚持！”索博恩不停地给自己鼓劲儿，尽管他的腿不停地打晃，还是用力把鱼叉摆平了，接着他拼命将鱼叉刺向山猫。只见山猫猛地跳起扑向索博恩，它直接跃过他的头顶跳到了后面的床上，一下子又钻进了床底下。索博恩似乎暂时占上风，他想这个坏蛋没有从正面攻击他，可能是对烛火和鱼叉有所顾忌。于是，他放好蜡烛，紧抓鱼叉，准备再和山猫拼命一搏。

耳畔传来了那两个姑娘的祈祷声，他很明白，这不仅是为自己，也是为了她们而战。那“呜呜”声越发高了，满屋子回荡着。索博恩也只能看到床底下闪光的一双眼睛，他深吸了一口气，用鱼叉瞄准了其中的一缕闪光，用力刺去，同时传来了一声尖叫，他感到了鱼叉也随之在抖动着，他拼尽了最后的力气把鱼叉朝前推动着。

索博恩感到了山猫的挣扎，听到了那不断尖叫的声音，鱼叉的手柄被山猫的尖牙、利爪连咬带抓，不停地晃动着。突然山猫从床底下跑出来扑向了索博恩，然而此刻的少年已经无力反抗了，只有本能的挣扎。在山猫的怒吼声中，索博恩的整个身体突然向后倒去，“啪”的一声，鱼叉被折断了。一个黑影从他的眼前飞掠而过，瞬间消失了。

一场激烈而难熬的搏斗收场了，可怜的少年昏倒在床上。

在阳光洒满屋子的时候，索博恩醒过来了，周围格外地安静，他用微弱的声音说：“姑娘们，我们都还活着！”话音刚落，一阵轻快的马蹄声从屋外传来，响起了一个熟悉的声音，“嗨！玛格，璐璐，索博恩，你们在哪里啊？怎么不见人呢？这么安静，好奇怪啊！”没错，是可尼！

“砰”的一声，可尼撞门而入，真的是他回来了，他又恢复了以往的帅气和阳光。

三个人一动不动地瘫倒在床上，半死不活的。眼前的这一幕让可尼的脸上顿时充满了震惊和难过的神色，他赶紧问：“你们这是怎么了？说话呀，索博恩，你快告诉我，你没死！”他听到了索博恩虚弱地应道：“呃……可尼，我们三个……都染了重病，动不了，食物也没有了……”

“唉！都怪我！我总想着你们可以去湖对面取食物！”此刻已经活力四射的可尼不禁暗暗自责。

“我们哪有力气呢！你刚走我们就病倒了，之后又来了一只该死的山猫，偷走了很多的鸡和食物。”索博恩有气无力地应道。

可尼在屋子四处察看了一下，他发现有一道血迹从床下的地面一直延伸到那个地窖洞口，于是朝着索博恩说道：“我猜想，你和那山猫之间还进行了一场生死搏斗！没错吧？”

然后，可尼给他们准备食物，接着又让他们服药、休息。

很快，索博恩、玛格和璐璐都完全康复了，他们又开始了快乐的生活。

后来有一天，那姐妹俩想换一个新的木桶。这时索博恩说道：“呵！正好，我知道有一个地方有现成的做木桶的料，森林里有一棵古老的枯树，差不多可以做一个大木桶呢。我和可尼现在就去！”

山猫大事记

小读者们，拿起笔来，记录一下这位主角所经历的大事吧！

于是索博恩和可尼找到了那棵枯树并砍下了他们需要的部分，临走时无意中朝树洞瞥了一眼，令他们大为震惊的是：树洞里竟然有几具山猫的尸体，已经僵硬。仔细看了看，正是索博恩之前见到的那几只山猫，而那只母山猫正是那个小偷、入侵者，而且还和索博恩进行过生死决斗。

而小山猫们还叼着妈妈的奶头，安静地躺着！那根被折断的鱼叉，还插在母山猫的身上。

08

印度猴子杰尼

扫描二维码
听导读

危险的猴子

近日，有一个非常结实的笼子被运进了花特曼动物园，笼子外面醒目地写着“危险”两个大字。

当饲养科科长约翰走近笼子时，便听到了“咣当咣当”一阵晃动笼子铁栏杆的声音，他想，看来这个动物的确危险！

凭借多年和动物接触的经验，尽管隔着笼子，约翰差不多已经知道了里面的动物是什么，他判断得没错，这是一只高大的印度母猴，它要是直立起来，高度足足有一米多。之所以说危险，是因为这种猴子一旦发起狂来，凶猛至极，就连饲养员也奈何它不得。

听说新来了一只猴子，饲养员们都纷纷跑过来看，看到这么多人围着它，猴子变得躁动起来。其中一位饲养员拿着扫把想清理笼子里的粪便，扫把刚伸进去便被那只猴子一把夺了去，“咔嚓”两下就把扫把咬断了。猴子还不断地拍打铁栏杆，那架势似乎想把跟前的人们赶走。

这时走过来一个人，他叫詹可，这只猴子归他负责，他认为首先应该让这只新来的猴子安静下来。于是他把头靠近笼子想亲近一下猴子，突然一只毛茸茸的爪子伸了出来，詹可的脸瞬间被抓了一下，出现了几道深深的血印。同时他的眼镜也被抓走了。

这“见面礼”不禁让詹可怒火中烧，不停地骂着“浑蛋”，不过除此之外他也没有别的招儿来对付那只猴子，围观的人们见此都大笑起来。

听到这边的嘈杂声，刚刚离开的约翰又转了回来，他大概已经猜到这里发生了什么事情，于是就过来跟饲养员说道：“你们要谨记，猴子和人类最为相近，它需要一定的时间和过程来适应一个陌生环境。我们要有耐心，好好地照顾它，让它对这里产生安全感。现在我们可以试着跟它说话！”

然后他做手势让大伙站到别处，而他自己则蹲在笼子旁边，用柔和的语气轻轻地说道：“嗨！新来的朋友，就叫你杰尼吧，我们很快就会成为好朋友的。杰尼，你说对吗？”

约翰说着话，但他的手脚并不动。过了一会儿，急躁的杰尼竟然随着约翰温和的声音慢慢地安静下来了，蹲在笼子的一个角落里，爪子相互交错着，但它的脸上还是有一丝不安，目光死死地盯着约翰。

这时突然一阵风吹动了约翰头上的帽

猴子杰尼小档案

小读者们，快拿起笔来制作这份小档案吧！可以从原文摘录相关文字或者用自己的话来写。

外貌特点：

性格特点：

子，他急忙举手按住，杰尼见此立刻又怒吼起来。约翰轻轻地说："可爱的杰尼，以前经常有人打你吗？难怪对人如此敏感！好可怜啊！"说完约翰检查了杰尼的身体，果然如他所言，杰尼浑身都是伤痕。

杰尼从印度被运到这儿，船只在海上不时颠簸，那笼子本身就小，也会跟着船震动，长时间待在那么狭小的空间里，情绪烦躁也是不可避免的。而工作人员不会考虑那么多，只会用粗暴的方法打它。以至于一旦有人靠近或者举手什么的，它就认为要打它了，所以才会咆哮。

约翰非常喜欢动物，对它们有十足的耐心，并能把它们的生活安排得非常舒适。毫不夸张地说，无论什么动物，约翰都能和它成为朋友，而且，对于那些凶猛的动物他还尤其感兴趣。大家都这样说他：不到一天的时间，约翰就能让杰尼服服帖帖的！对于这种夸赞，约翰只是微微一笑。

他现在的首要工作就是要把杰尼从小笼子转移到动物园的大铁笼子里。一般情况下，一打开笼子，动物们都会马上跑出来，谁愿意待在那狭小的空间里啊？但是杰尼却躲在笼子里不动，依然紧张兮兮地观察着周围的一切。

对于这点，约翰很明白。杰尼那满身的伤痕说明它之前饱受折磨，因此对人产生了憎恨和防备心。当下最重要的是取得它的信任，再也没有别的好办法了。所以他让大家先去忙别的，就让杰尼自己待会儿。

杰尼一整天都躲在笼子里。

傍晚时分，约翰忙完了手头的工作，就悄悄过来看杰尼。只见它已经走出了小笼子，在大笼子里的水槽边洗脸，从印度过来，这还是它第一次进行清洗。它洗完后依然小心翼翼，也不敢吃跟前丰富多样、香味四溢的食物。它不时地用爪子摸摸新笼子的油漆，再去喝点儿水，最后坐了下来开始捉身上的虱子，偶尔还瞥一眼之前的那个小笼子。

杰尼一直没吃东西。也许它太累了，没有食欲，需要补充点儿水分，好好休息，这其实和人是一样的。

杰尼的新朋友

杰尼到了第二天还是没有放松下来。这会儿，詹可需要清洗一下之前的那个小笼子。为了尽量不刺激杰尼，他还特意拿了一根特殊的木棍，上面有个钩，可以把那个小笼子钩出来。然而詹可刚把木棍伸进大笼子，杰尼就看到了，立即开始抢夺木棍，也是一时着急，他就轻轻地用木棍碰了一下它，这下惹得杰尼“吱哩哇啦”地大叫。

平日里詹可总听约翰说不能和动物结仇，那样会给动物园带来很多不必要的麻烦。但眼前的烦心事让他很沮丧，他就跑去跟约翰诉苦：“这个杰尼可真不省心，让我连个笼子都不好拿！”约翰听了便和詹可一起过去了。杰尼看到他们后又咆哮起来，竟然还往他们身上扑，幸好有笼子挡着。

约翰见此便明白了是詹可惹怒了杰尼，因此他让詹可先离开一会儿，他一个人走到杰尼跟前，以一副温和的语气教育道：“这就是你的不对了，杰尼！你看大家都把你当朋友对待，你难道不感到幸福吗？你不为你的无礼行为感到羞耻吗？羞羞！”约翰用这样的语气一直跟杰尼说了十几分钟，杰尼总算逐渐安静下来了，但它的表情依然惶恐不安，眼睛一直盯着约翰，似乎在琢磨这个人：这个男人看起来和其他人不一样，说话的语气也很温和啊！

看到杰尼的情绪基本稳定了，约翰就准备去拿小笼子，在他伸木棍期间，杰尼也作势想扑，但最终还是没有行动。而约翰则一直和它耐心地说着话。他始终认为，对于人类的语言，猴子虽然不能理解，但至少话语中的善意恶意是分辨得出来的。只要善待它，它也一定会表现得友好的。考虑到杰尼和詹可之间的冲突，也为了给詹可留面子，约翰就说这个杰尼太麻烦了，不好照顾，他要亲自照管它。

约翰照顾了杰尼一个礼拜，杰尼不管是情绪还是身体都发生了很大的变化。它身上的伤痕几乎看不到了，精神状况也好了很多，皮毛也光光的，比以前漂亮了。对于外界的一些动静，它也不再恐惧和烦躁了。因此约翰就想着把杰尼再转移到更大的栅栏里，而且也要尽快地让客人看到杰尼。然后他又放了一个小笼子进去，杰尼就好奇地主动钻了进去，约翰马上拉绳子关上了笼子门。接着它又闹腾了一番，不过还是被大家转移到了大栅栏里。

搬运杰尼期间，有一个工人说道："这只猴子呀，将来一定会大受客人欢迎的！可是到了新家后，它可能会惹事而彰显自己的实力！"

杰尼去大栅栏之前，那里已经有十多只猴子了。它的适应力也很强，很快，就暴露出它那调皮的本性。为了耍威风，它经常打架，还总是以胜者自居。其他猴子都被它吓得四处乱窜，以至于都爬到栅栏的顶部大叫。而杰尼不紧不慢地来回走着，同时还瞪大眼睛凶巴巴地看着游客们。

有一个饲养员过来给它送食物，谁知杰尼非但不领情，还很暴躁。饲养员也没在意，就端着食物直接进去了，当时他背对着杰尼，没想到它扑了过来，一口咬住了他的腿，这着实惊吓到了他，使劲儿甩开了杰尼，惊慌失措地逃了出来。之后，在这个饲养员的眼里，杰尼就是一个变态！

当然，约翰可不这么认为。他觉得这是杰尼还没有完全适应新环境，加之闯进来一个陌生的人吓到了它，所以才发生了咬人事件。不过，从这件事上可以看出，杰尼是一只勇敢的猴子，而勇敢的猴子更好调教和驯服。他相信自己可以的！而之后发生的一件事也印证了约翰的看法没错。

那天，约翰早早地就来看杰尼，刚好这时有只小猴子想偷笼子里的香蕉吃，它可是一直畏惧杰尼的，而杰尼此时就在后面死死地盯着。当小猴子把爪子伸进去拿到香蕉想退出的时候，杰尼快速上前用两只爪子摁住它的脑袋，小猴子顿时吓坏了。而这时杰尼又有意地把爪子往上抬高了一些，于是小猴子就顺势溜了。

眼前的这一幕让约翰更有信心了。他想："由此可见，杰尼是善良的，才不是变态呢。看吧，不到一个月，我就能彻底地征服杰尼！"

从那件事的第二天开始，约翰就开始按照他的计划驯养杰尼了。其实这些方法也都是比较常用的，不过，在此基础上，他按照自己的经验加进了一点儿新的东西。约翰认为首先要获得杰尼的信任，然后再进行别的训练。

刚开始时约翰一到栅栏边，杰尼就跳到高处怒目圆睁地挑衅他。但不管怎样，约翰都不退缩，而且温和地注视它，并耐心地跟他说话。时间一长，杰尼自己也觉得敌视约翰好像没什么必要，于是几天后，在约翰面前它终于安静下来了。

此后，当约翰给其他猴子送吃的时，不管在哪里，杰尼总会跑去威胁那些猴子，并大声喊叫。尽管还去骚扰其他猴子，但已经不是真正地伤害了，也就是吓唬吓唬而已。

在调教杰尼期间，约翰不允许别人给杰尼清理身子，都是他亲自用长刷子清洗。看到杰尼不再防备自己，约翰就和园长沟通，他想进一步地接近杰尼。园长还是不赞成他进入栅栏里，说："不行！太危险了！它容易动怒，万一咬你怎么办呢？"可约翰还是坚持自己的想法。当他进入栅栏里时，杰尼边跳边跑向他，还不停地吼叫。但约翰就跟没事儿一样，一边干活还一边跟杰尼说话。其实杰尼也并没有袭击他之意，仍然只是吓唬罢了。

约翰很快就完成了清扫工作，然后他跟园长汇报："没任何问题啦！"可是园长还是有些担心："杰尼可是出了名的难相处，这次相安无事也许是你运气好而已。以后出事儿了，我可不管啊！我可是提醒过你的！"

"不会有问题的！放心吧！"约翰坚定地应道。

后来约翰花费了大量的时间和精力，去跟杰尼耐心地相处，并不断地用语言进行沟通。每次他都会带各种美食给杰尼，"功夫不负有心人"，他终于可以和杰尼好好接触了。杰尼只要看到约翰，它就不会胡乱发脾气，而且好像还暗暗地观察着约翰。当它觉得约翰的所作所为其实是真的对自己好时，就渐渐开始喜欢约翰了。

带刀的拐杖

有一次，约翰和杰尼开玩笑道：“朋友，还记得你刚来那会儿用木棍敲我的头吗？知道吗？这样做是不对的！”听了约翰的话，杰尼温顺地走到他跟前，让他抚摸自己的头。

约翰和杰尼的感情越来越好了，它每天都渴望见到他，也十分听他的话。但要是詹可过来，它还是会像以前一样暴躁。倘若是约翰路过而忘了理它，它便会连蹦带跳地向他撒娇，只要约翰转头跟它说几句话，它就表现得无比高兴，约翰见此也很开心。杰尼变化很大，调皮可爱，游客们也更喜欢它了。

很奇怪，杰尼只喜欢游客中的小孩和女人，而对男人不感兴趣。由于这是一个流动动物园，经常会去各个地方演出，学校的孩子们便会有组织地去观赏，而杰尼最受孩子们欢迎，聪明可爱，招人喜欢，连大象和狮子的魅力都不如它。所以，饲养员们也都对杰尼感兴趣了，还说杰尼就是园里的台柱子！

杰尼很会哄游客们开心，因为它总爱观察，所以那些游人总是被杰尼逗得开怀大笑。杰尼还跟着约翰学会了画画和写字，就用粉笔涂在自己的爪子上。当它发现游客们对此也感兴趣时，于是它将粉笔又涂在自己的鼻子上，游客们更开心了，它还会走钢丝。总之，杰尼是园里的猴子中人缘最好的。

当然，还是约翰最疼爱杰尼，约翰平时去办公室时，他总会有意绕道过去跟杰尼打个招呼。

如果从杰尼的笼子周围传出掌声，那肯定就是杰尼别出心裁的滑稽表演把游客逗得高兴了。它学会了倒立在栏杆上，还将吊着的身体悠闲地晃来晃去，然后继续变换着难度更高的动作，从栏杆的最顶部再到最下面，它一次次地用心表演着。有一次，一个女人违反规定径直翻越栅栏想去抓一只猴子的尾巴，她的头刚进来，杰尼便快速地摘掉她的帽子而戴到了自己头上，这动作让大家忍俊不禁，看到游客们开心，杰尼得意扬扬的，表演得更带劲儿了。

见此约翰也感到十分欣慰，他准备忙完别的工作再去看杰尼的精彩表演。

小孩子们最喜欢和杰尼玩，不断地给它扔吃的，不一会儿，杰尼的肚子就鼓鼓的了。而别的猴子呢？因为惧怕杰尼而不敢去抢。这时杰尼看到那顶帽子上有很多装饰，便开始搞起破坏来，那个女人气得直跺脚，可周围的人们觉得她活该，都纷纷鼓掌。能赢得游客们的赞赏，杰尼也是最开心的，它又变换花样，翻起跟头来。

谁能料到呢？意外发生了。人群中有个男人猛然举起一根拐杖捅向杰尼的腹部，而拐杖上带着一把刀，只听一声惨叫，杰尼便重重地摔倒在地。栅栏里的其他猴子见此都万分恐惧，四处逃窜。游客们见此都纷纷质问那个男人：“喂！你在做什么呀？真是无耻！”

“饲养员，工作人员，快来啊！”

“警察，快叫警察，抓住那个浑蛋！”

“发生了什么事情？怎么回事啊？”后面的游客不断地朝前挤着。

受伤的杰尼一脸痛苦之状，艰难地一步步走向栅栏的一个角落，它慢慢地蹲下来，用两只前爪按住腹部。听到乱哄哄的声音，约翰知道肯定没什么好事，快步跑了过去询问具体的情况。人们便一五一十地说给他听，约翰的心情一下子低落起来。刚好有个小孩跑到他跟前，生气地说道：“杰尼是被一个男人用带刀的拐杖刺伤的，刚刚我都看到了。”

而那个浑蛋此刻已经逃之夭夭了。

亲人的陪伴

詹可来到栅栏跟前的时候，杰尼依然是那副姿势，看上去痛苦至极。他想上前看看杰尼的伤势如何，可是杰尼朝他咆哮，他根本靠近不了。

这时约翰过来了，他刚要冲进栅栏里，园长赶来劝他道：“杰尼现在受伤了，情绪很激动，你还是别进去了！太危险了！”可是约翰这时根本顾不了那么多，就说了两个字“没事”，便冲到了杰尼跟前，看到它不断地痛苦呻吟着，他的心也被揪得很疼。而此刻的杰尼眼睛里又恢复了刚来时的那种暴躁。约翰轻轻地蹲下来，温柔地跟它说：“可怜的杰尼，是我！别怕！我是来帮你的！让我先检查下你的伤口，好吗？”只有约翰这轻柔而关切的声音能让杰尼安静下来，并温顺地接受约翰察看它的伤口。刀刺的口不是太大，但太深了。约翰不禁在心里咒骂那个男人：“真是该死，我要见到那个浑蛋的话，绝对要狠狠地揍他！”然而目前他能做到的也只有好好地照顾杰尼，约翰先给伤口消毒清瘀，然后敷药、包扎。过了一会儿，杰尼的呻吟声慢慢变小了。它还跟约翰撒娇，不想让他离开，但约翰也很无奈，轻轻地抚摸了一下杰尼的头，又去做别的事情了。

等约翰第二天再去看杰尼的时候，发现纱布竟然被撕开了，伤口并未见好，于是约翰便给它重新包扎并责怪它道：“可怜的杰尼，你怎么不乖乖的呢？”于是杰尼便顺从地看着约翰给它换药。不过约翰一走，纱布又被杰尼撕掉了，约翰再来时又责备它，然后换药，又被撕掉……

然而，杰尼的伤口肿得越发厉害了，约翰终于意识到杰尼康复不了了，它总是静静地等着约翰来看它，每次他要离开时，它都会跟他撒娇，抱着他的腿吵着闹着不让他离开。而且，自始至终，杰尼就只和约翰一个人亲近，其他人谁想照顾它都不行，它会咆哮着，甚至会动口咬。

约翰因为还有其他工作要干，只有把杰尼移到自己身边才能时时地照顾它，因此他就跟园长说想把杰尼搬到自己的办公室，园长自然不同意，说道："太不现实了吧？我还从来没听说过，弄一只猴子在办公室，你开玩笑吧？"但约翰依然坚持自己的想法，因为他很明白，杰尼没有多少日子了，他只想尽可能地多一点儿时间陪它！接着杰尼就被移到了约翰的办公室，有约翰陪着它，它特别开心。它坐在椅子上，身上披着毛毯，时不时地瞅瞅工作中的约翰，偶尔还会叫两声，这时约翰便抚摸一下它的脑袋，它很聪明，便不再叫了。约翰把他的工作都暂时交给别人了，他几乎所有的时间都在办公室，因为他想在杰尼最后的日子里多陪陪它。

几天以后，杰尼就奄奄一息了，它的眼睛里已经看不到一丝的光彩。约翰为了让它能舒服一些，特意弄了一个小吊床在办公室，让它躺在上面，自己则轻轻地抚摸着它。有时候约翰需要记账，他就一只手记账，另一只手温柔地抚摸着杰尼的脑袋和身体。

最后的那个晚上，约翰给杰尼喂了点儿汤，等它睡着后他就想离开片刻，可他刚起身，杰尼就开始哼哼了，一双无神的眼睛凝视着他，他便留下了。半个小时后，杰尼慢慢地安静了，约翰就跟它轻声说话，可没见它回应，约翰便趴到它跟前问：“亲爱的杰尼，能听到我说话吗？需要什么吗？告诉我！我一直都在！”

只见杰尼紧紧地拽住约翰的手，全身都在颤抖，顷刻间便不动了。

约翰眼看着它离开了。

约翰把杰尼安葬在园里专门隔出的一个地方，他做了一块墓碑放在前面，写着：“世界上最可爱的猴子——杰尼之墓！我最好的朋友！”

猴子杰尼大事记

小读者们，拿起笔来，记录一下这位主角所经历的大事吧！